NOUVELLES

FEUILLES DES BOIS

POÉSIES

PAR

LE COMTE DE FLEURY

PARIS

IMPRIMERIE ET LIBRAIRIE DE CH. NOBLET

RUE SOUFFLOT, 18

1873

FEUILLES DES BOIS

IMPRIMÉ PAR CH. NOBLET, RUE SOUFFLOT, 18.

NOUVELLES

FEUILLES DES BOIS

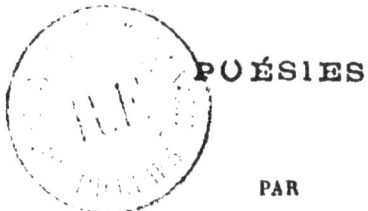

POÉSIES

PAR

LE COMTE DE FLEURY

PARIS

IMPRIMÉ PAR CHARLES NOBLET

RUE SOUFFLOT, 18

—

1873

NOUVELLES FEUILLES DES BOIS

HOMMAGE A DIEU

Hommage à Dieu d'abord, ensuite à la nature
    Soumise à ses sublimes lois ;
Hommage à ce qui vit ou s'agite ou murmure,
    Encore une dernière fois !

Dans quel ravissement le spectacle du monde
    Ne m'a-t-il pas souvent jeté !
Que de fois mon esprit, étoile vagabonde,
    Au haut des cieux s'est transporté !

Là, plongeant mon regard sur l'horizon immense
    Des merveilles de l'univers,
Je goûtais le bonheur d'une douce démence
    Au bruit de ses divins concerts !

1

Grand Dieu! que ton pouvoir est grand et magnifique,
    Tu règnes sur l'éternité !
Tes mondes, tes soleils sont un rayon magique
    De gloire et de sublimité !

Faible humain, je dépose au pied de tes ouvrages
    Mon ignorance et mon orgueil ;
Tu fus et tu seras dans l'avenir des âges
    Et notre phare et notre écueil !

———

BELLE NATURE

J'aime à plonger mon âme au milieu de tes brises,
A jeter mes regards sur ton vaste horizon,
A recueillir la voix du bourdon des églises
    Qui fait frissonner le gazon !

J'aime à suivre des yeux tes fortunés nuages
Se parlant dans les airs, calmes, majestueux,
Déposant dans mon cœur leurs magiques langages
    Et leur longue chaîne de feux!

J'aime à me promener, comme dans ma nacelle,
Sur les flots inondant les cieux de leurs couleurs,
A couronner mon front de la flamme éternelle
    Qui jaillit de leurs profondeurs!

J'aime dans mon extase à traverser l'espace
Des régions sans fin que cachent tes flots d'or ;
De mondes inconnus je crois saisir la trace,
    Quand je les tiens, j'en sens encor.

Des coteaux où je suis, j'entends la mer qui gronde,
Dans chacun de ses flots je vois mon Créateur
Qui m'ordonne d'aller dans ce profane monde,
    Comme un passager voyageur.

Océans, déployez vos majestés sublimes,
Vos rubis, vos azurs, votre or, vos diamants,
Agitez-les sans cesse au fond de vos abîmes,
    Qu'ils sortent des flots écumants !

Faites-les scintiller sur les ondes errantes
Au stupide regard de l'incrédulité,
Et poussez comme un flot les masses ignorantes
    Au sein de l'immortalité !

Douces fleurs, chers trésors de la belle nature,
Unissez vos parfums pour les offrir à Dieu ;
Et du fond des déserts ou de ma sépulture
    Emportez mon dernier adieu.

Doux oiseaux réunis sous les épais ombrages
Qui charmez les échos de vos plaintives voix
Hôtes de la nature, unissez vos ramages,
    Chantez l'Eternel mille fois.

LE SAULE-PLEUREUR

Saule, je viens sous ton ombrage
Mêler mes soupirs à tes pleurs,
Promène sur moi ton feuillage,
Confondons tous deux nos malheurs !

Adoucissons ainsi nos peines,
Puisqu'ici bas il faut souffrir :
Nos coupes de larmes sont pleines,
Apprenons tous deux à mourir.

Auprès du ruisseau qui murmure,
S'exhalent tes accents plaintifs ;
Je les entends, et la nature
Ne peut garder les miens captifs.

Tu portes le deuil sur la terre
D'amis nombreux qui ne sont plus,
Et dans mon urne funéraire
Tombent mes regrets superflus !

Près des fleuves de Babylone
Tes rameaux abritaient des pleurs ;
Dans les champs foulés de Bellone
Tu bénis encor des douleurs.

Saule, à tes pieds mille naufrages
Ont fait flotter mille débris,
Tu vois passer tous les orages,
Tout dort sous tes rameaux chéris !

Sous ta flottante chevelure
L'amant exhale ses soupirs ;
L'oiseau confie à la nature
Et ses plaintes et ses désirs.

Quand pour moi s'ouvrira la tombe,
Couvre-moi de tes rameaux verts,
Et reçois avant que j'y tombe
Mes vœux, mes larmes et mes vers !

LOUIS XVI, ROI DE FRANCE

L'arrêt est prononcé! la charrette s'avance...
Mille sanglots dans l'air parlent comme un beffroi !
Qu'il est calme! on dirait que le Christ s'élance
Des profondeurs du ciel pour conduire le Roi!

Il monte à l'échafaud sans peur et sans reproche :
Le funèbre tambour anéantit sa voix !
La foule au loin rugit : l'exécuteur s'approche...
Il fait jaillir le sang du plus digne des rois!

O France! qu'as-tu fait en commettant ce crime,
Et comment t'excuser aux yeux de l'univers?
Par des regrets sans fin honore la victime;

Gémis sur cette erreur du temps troublé, pervers;
Dans tes recueillements gémis sur sa mémoire,
Dieu seul peut pardonner ce meurtre à ton histoire !

MARIE-ANTOINETTE

Pauvre reine, je suis dans ton royal cachot
Où les pleurs de tes yeux ont coulé comme un flot!
Je touche de mes pieds la souterraine pierre
Que pressa ton genou, d'où partit ta prière.

Oh! que ce souvenir fait de mal à mon cœur!
Comme il le fait frémir et de honte et d'horreur!
Que de sanglots ici sont sortis de ton âme,
Brisant ton noble cœur et de mère et de femme!

Par un injuste arrêt tu devais donc périr,
Et de mille tourments tu devais donc souffrir!
Que les hommes sont durs, aveugles et féroces!

Conduite à l'échafaud, si ton sang y coula,

L'Eternel a vengé tes souffrances atroces

En bénissant l'autel où ta tête roula.

LE DAUPHIN

(Louis XVII)

Qu'as-tu fait, pauvre enfant? On te jette en prison,
On t'arrache aux baisers de ta royale mère,
On te fait torturer par l'ignoble Simon,
On t'arrache la vie, on fait mourir ton père !

De l'existence à peine entrevoyant le seuil,
Tu sens l'immense poids d'un lugubre suaire,
On t'abreuve de fiel ; tu portes ton cercueil,
Et ton corps est jeté sans larmes dans la terre !

Auguste enfant-martyr, issu de tant de rois,
Combien la France en deuil t'a regretté de fois !
Sur ta cendre perdue elle est agenouillée ;

2

Elle demande encore au Dieu de l'univers,

Les yeux levés au ciel et la face mouillée,

De pardonner ta mort à d'infâmes pervers !

O POÈTE

O poète! sers-toi de ta divine flamme
Pour chanter la grandeur du Dieu de l'univers,
    Sens-la s'agiter dans ton âme,
    Sens-la s'agiter dans tes vers!

Lève les yeux au ciel pour admirer sa gloire,
Fais monter jusqu'à lui les accents de ton cœur,
    Et grave au temple de mémoire
    Ce que te dit ton Créateur!

C'est à lui que tu dois ton sublime génie,
Tu lui dois, en retour, tes inspirations,
    Et de tes torrents d'harmonie
    Vas inonder ses régions!

Dis à tout ce qui vit et passe sur la terre
Ce que ton regard voit et ce que ton cœur sent,
    Et sur ta harpe solitaire
    Appelle à tes pieds le passant !

Dis-lui qu'il ne voit rien des majestés sublimes,
Des merveilles sans fin que tu vois dans les cieux ;
    Que, touchant aux plus hautes cimes,
    Leur grandeur éblouit tes yeux !

Mais que l'oreille entend le doux concert des anges,
Célébrant près de Dieu leur immortalité,
    Et que là sont ôtés les langes
    De l'incrédule humanité !

A ton génie alors asservissant le monde,
Tu le verras porter au bruit de tes concerts
    Son âme faible et vagabonde
    Aux pieds du Dieu de l'univers !

NATURE

Laisse-moi t'admirer, magnifique nature,
Je n'ai plus qu'un moment à passer ici-bas ;
Déjà j'entends au loin une voix qui murmure
    La dernière hymne du trépas.

Laisse-moi contempler ces mobiles nuages,
Ces sylphides d'azur animant l'horizon,
Victimes comme nous du souffle des orages,
    Ayant leurs fers ou leur prison.

J'entends la douce voix de l'oiseau qui soupire
Sur son lit déserté, sa plainte et ses malheurs :
Laisse-moi consoler son amoureux martyre
    Par un regret et par mes pleurs !

Je vois le papillon voltiger sur les roses ;
Il puise l'existence où finit son destin :
Parfume aussi mes jours de fleurs à peine écloses,
　　Comme un arôme le matin.

Que je m'enivre encore à tes tableaux sublimes,
Que je m'inspire encor aux échos de tes bois,
Que je recueille encor du fond de tes abîmes
　　Des fleurs, des soupirs et des voix !

Fais rouler sur mon front tes soleils et tes mondes,
Fais mugir à mes pieds tes torrents et tes mers,
Dans les charmes sans fin dont partout tu m'inondes,
　　Je vois le Dieu de l'univers !

Je n'ai point assez vu tes merveilles immenses,
Tes forêts, tes rochers, les sublimes grandeurs
Des Vésuves en feu semant dans leurs démences
　　La lave, la cendre et les fleurs.

Je n'ai point assez vu les beautés de la terre,

Ces astres infinis qui vibrent dans mon cœur,

Qu'un souffle nous donna, qu'un souffle régénère

Au grand souffle du Créateur.

BRUYÈRE

—

Je viens te voir sous les feuillages,
Douce bruyère des forêts ;
Du temps tu braves les orages,
Je me courbe sous ses arrêts !

Autour de moi tout tombe et passe,
Tu braves les noirs aquilons :
Le temps me fait sentir sa glace,
Et tu fleuris sous ses glaçons.

Laisse-moi t'admirer encore,
Unis mon sort à ton destin ;
Et dans les rayons de l'aurore
Confondons-nous chaque matin.

Quand j'aurai passé sur la terre
Comme passe l'ombre d'un jour,
Renais sur moi, douce bruyère,
Pour y recueillir mon amour!

PETIT OISEAU...

Petit oiseau mystérieux,
Que viens-tu faire dans ma chambre?
Ton vol laisse autour de mes yeux
Un doux parfum d'encens et d'ambre!

De quelle région viens-tu?
Quel message apporte ton aile?
Déjà dans mon œil abattu
S'agite une flamme nouvelle!

Messager de bonheur et d'espoir,
Tu descends, porté sur la terre
Par un souffle qu'on ne peut voir,
Mais que sent l'âme solitaire!

Petit oiseau, pénètre-moi

Comme un doux rayon d'espérance ;

Fais brûler ma débile foi

Du feu saint qui vers moi t'élance !

Rapproche-moi de l'Éternel,

Et sur tes ailes fugitives

Emporte l'écho solennel

De toutes les âmes plaintives.

LES FLEURS

Que je gémis sur votre sort,
Fleurs des vallons et des montagnes !
Déjà le manteau de la mort
Se déroule dans les campagnes.

Vous allez tomber tour à tour,
Sous le vent glacé de l'orage,
Délicieux rayons d'un jour,
Parfums de la céleste plage !

Comme l'étoile au firmament,
Douces étoiles de la terre,
Votre arôme est un sentiment,
Votre couleur est un mystère !

Mortes, vous ne pouvez périr,
Votre âme est une âme immortelle
Qui remonte comme un soupir
Au sein de la source éternelle !

Beautés des champs, beautés des bois,
Des cœurs captifs douce pâture,
Sur vos couleurs sont mille voix,
Parfumant toute la nature !

Près de vous l'amant agité
S'enivre du bonheur suprême :
Il voit son immortalité
En vous voyant sur ce qu'il aime !

Lorsqu'il exhale ses soupirs,
Comme l'oiseau sous le feuillage,
Vous adoucissez ses martyrs
En lui parlant votre langage.

Vos perles, vos diamants,
Il les porte à sa bien-aimée,
Qui recueille ses sentiments
Dans une rose parfumée!

Vous assistez à nos bonheurs,
Vous assistez à nos souffrances,
Et vous avez aussi des pleurs
Quand s'envolent nos espérances !

Compagnes de l'humanité,
De ses grandeurs, de ses ruines,
Vous cachez sa fragilité
Dans les replis de vos racines.

Vous couvrez les vieux monuments
Lorsqu'ils vont se coucher sous l'herbe,
Image ici des courts moments
De l'homme fragile et superbe !

Des temples et de leurs caveaux,
Quand le temps fait tomber la pierre,
Vous remplacez sur leurs tombeaux
L'encens, les pleurs et la prière !

Quand la terre couvre le mort,
Et qu'elle a bu toutes les larmes,
Vous gardez nuit et jour son port,
Comme une sentinelle en armes !

Sur l'enfant qu'a perdu son cœur,
Quand une pauvre mère prie,
Elle croit voir dans chaque fleur
Son image à jamais chérie !

Tôt ou tard il faudra mourir,
Ici-bas poussière d'une heure ;
Mais fleurs nous irons refleurir
Dans notre éternelle demeure !

LA NUIT

J'aime la nuit et son silence,
J'aime à penser lorsque tout dort
Et sur le calme de la mort
Je sens mon âme qui s'élance.

Je laisse en paix couler mes vers
Comme une limpide rosée,
Et je promène ma pensée
Sur les erreurs de l'univers.

Que de siècles la nuit des âges
A pesé sur l'humanité !
Pour entrevoir la vérité,
Que de luttes, de sang, d'orages !

Que de mensonges en un jour
Adorés sur toute la terre,
Et dans les vagues du mystère,
Submergés, repris tour à tour !

Que de fétiches, de croyances
Ont des mortels courbé les fronts !
Dans l'imposture et les affronts !
Combien ont péri d'existences !

Lève tes yeux au firmament,
Ne doute pas, regarde, espère :
Dans chaque étoile vois ton père,
Homme, voyageur d'un moment !

Aussitôt de tes nuits si sombres
Le manteau tombant sans retour,
Tu verras succéder le jour
A l'immensité de tes ombres !

Sur le char doré de la nuit,
Barde, je fais vibrer ma lyre
Et dans le feu de mon délire
Je sens que mon Dieu me conduit!

Dans les hauteurs les plus profondes
Au milieu de l'immensité,
J'aperçois l'immortalité
Dieu, ses anges et tous ses mondes.

REGRETS

Vous que j'ai tant aimés et que mon âme pleure,
Que pour toujours mon âme a perdus ici-bas,
Tranquilles, vous dormez dans une autre demeure,
  L'humide caveau du trépas !

Je ne vous verrai plus, nous promenant ensemble
Comme de doux rayons qui se parlent entre eux ;
A votre souvenir mon cœur gémit et tremble,
  Comme le ramier malheureux !

Nous ne causerons plus retirés sous l'ombrage
De saules se penchant sur le bord des ruisseaux,
Et je ne verrai plus votre riant visage
  Captif dans les plis de leurs eaux !

Je ne presserai plus votre main bien-aimée,
Je ne sentirai plus les rayons de vos yeux,
Et je n'entendrai plus la bouche parfumée
    Dont chaque mot venait des cieux !

Qu'êtes-vous devenus, sympathiques sourires,
Qui faisiez tant vibrer les fibres de mon cœur,
Dans d'autres régions vous remplacez les lyres
    Des anges chantant tous en chœur !

Oui ! je vous reverrai dans une autre patrie,
Le séjour bienheureux de l'immortalité;
La source de mes pleurs alors sera tarie
    Près de vous, dans l'éternité !

PENSER

Il faut penser, écrire avant de succomber :
Tôt ou tard nous rendons notre corps à la terre !
Comme un arbre sans fruit, il ne faut pas tomber,
Ou n'être que l'esprit d'une cendre légère.

Aux fragiles humains laissons nos souvenirs,
Eux-mêmes s'en iront, voyageurs de passage :
Et l'on retrouvera dans d'autres avenirs
La vertu, les talents et les grandeurs du sage.

Eclairons notre nuit de phares lumineux,
Et que nos descendants en retrouvent la flamme ;
Qu'eux-mêmes sur la terre allument d'autres feux
Dont les rayons sacrés touchent ceux de notre âme !

LA CLOCHE

Je vous appelle à la prière,
Chrétiens! venez, venez prier!
Levez au ciel votre paupière,
Prenez l'eau sainte au bénitier!

Je vous appelle à mon église
Pour vous bénir, jeunes époux!
Mes sons se mêlent à la brise
Pour vous porter bonheur à tous!

Je vous appelle avec mes larmes
Au cimetière pour y pleurer :
Espoir, bonheur, regrets, alarmes,
Mon doux métal fait tout vibrer.

LE LIERRE

Lorsque s'exhale la prière,
Charmante feuille des forêts,
On te retrouve sur la pierre
Avec les pleurs et les regrets !

Sur les tombes abandonnées
Tu vis, tu sèches et tu meurs,
Et quand les roses sont fanées,
Tu restes le dernier en pleurs !

On te voit, autour des églises,
Te cramponner sur leurs vieux pans,
Et croître encor sur leurs assises
Lorsqu'ils s'affaissent sous les ans.

Douce image de la constance,
A l'amant enseigne ta foi,
Et ranime son espérance
Dans les doux liens de ta loi.

LA VIE

La vie et ses trésors furent donnés à l'homme,
Passagères lueurs, ombres de quelques jours;
Lorsque, pour les quitter, la froide mort le somme,
Esclave, il obéit; il part et pour toujours!

Etranger ici-bas, il vole en sa patrie!
Son corps, il l'abandonne aux larmes, aux regrets :
Dans son champ de repos quelque visiteur prie,
Ou vient planter la croix, les fleurs et le cyprès.

Mais quels accents plaintifs s'élèvent de la terre!
Ce sont les souvenirs qui parlent à nos cœurs :
On voit tomber partout la larme solitaire,
On entend des sanglots, des cris, mille douleurs.

4

Ce sont là nos adieux! mille fois en silence
Nous allons visiter nos morts dans leur tombe ;
Nous parlons avec eux et notre âme s'élance
Pour les revoir encore au fond de leur caveau!

Quand notre heure suprême a sonné, qu'il faut rendre
Tout ce que nous portons, nos vêtements du jour,
A leurs restes chéris nous mêlons notre cendre,
Et dans le sein de Dieu nous me   .our,

VITA BREVIS

Prêtons, prêtons l'oreille à la douce harmonie;
Cueillons sur nos chemins les roses et les fleurs ;
Que la sombre douleur soit à jamais bannie
    De nos yeux, de nos cœurs !

Coulons loin des soucis notre courte existence,
Puisque le temps rapide a mesuré nos jours,
Et dans les bras aimés de la douce espérance
    Retrouvons-nous toujours !

Le Dieu de l'univers n'a pas créé les âmes
Pour les plonger ici dans un gouffre de maux,
De la félicité faisons passer les flammes
    Jusque dans nos tombeaux.

TRISTESSE

Lorsque notre pensée est triste et comme morte,
Feuille qu'un vent du nord emporte dans les airs,
    Pourquoi forcer en vain la porte
Du temple d'Apollon, ce temple des beaux vers ?

Levons nos yeux au ciel, demandons-lui sa flamme,
Qu'elle tombe sur nous comme un flot agité,
    Alors sortiront de notre âme
Nos vers ensevelis dans son obscurité !

Nous nous élèverons vers le Dieu de lumière,
Et ses rayons divins, saisissant nos transports,
    Iront les porter de la terre
A l'immortalité de ses célestes ports !

IL FAIT FROID

Il fait froid : le soleil a quitté le vallon,
Les bois sont dépouillés de leur douce verdure,
    Et le souffle de l'aquilon
Promène la douleur sur toute la nature !

Tout souffre, tout gémit; les plus charmantes fleurs
Périssent sous les coups du givre et des orages;
    Chacun de nous porte ses pleurs
Aux pleurs qui sont tombés dans l'océan des âges.

Voyageurs passagers, le bâton à la main,
Nous foulons nos glaçons en faisant notre route ;
    Et sans donner un lendemain,
L'inexorable sort nous mène ou nous déroute.

4*

Mais Dieu nous donne aussi le soleil des beaux jours,
Si nous avons nos jours et de pluie et d'orages ;
  Et nous ne voyons pas toujours
Les givres attachés à nos pâles feuillages.

Nous entendons en nous les chants de nos oiseaux
Et leurs soupirs d'amour, doux feux sur nos ruines,
  Charmants soleils sur nos tombeaux,
Parfums délicieux et fleurs sur nos bruines !

EXCELSIOR

Entendez-vous dans les montagnes
Le chant des moines du couvent ?
Leur mâle voix perce le vent
De nos coteaux, de nos campagnes :
    Excelsior !

Etrange nom que nous apporte
L'écho des forêts d'alentour,
Nous l'entendons la nuit, le jour,
C'est la devise de leur porte :
    Excelsior !

Allons ensemble à la prière,
Le bourdon nous appelle tous ;
Aux pieds de Dieu prosternons-nous,
Et répétons tous sur la pierre :
    Excelsior !

On part pour la procession,
Quelle foule autour de l'église,
Et quel beau soleil favorise
Ce grand jour de la Passion!
Excelsior!

Allez, leur dit ensuite un prêtre,
Promenez-vous dans les forêts,
Donnez le vol à vos secrets
Au doux son du pipeau champêtre!
Excelsior!

La foule alors se dispersa
Comme des gerbes d'eau sur terre;
L'un chercha l'ombre solitaire,
L'autre de chants les airs perça!
Excelsior!

Sous les ombrages de vieux chênes,
On vit des amants soupirer,
Et comme l'amour respirer
Lorsqu'il vient à briser ses chaînes :
        Excelsior !

D'autres passèrent un torrent
Pour s'en retourner au village :
L'eau rapide, pleine de rage,
Les prit dans son cours dévorant !
        Excelsior !

On retrouva leurs corps sans vie
Non loin de leur petit hameau ;
Quand on les mit dans leur tombeau,
On entendit sur l'eau bénie :
        Excelsior !

NOS SOUVENIRS

Nos souvenirs passés sont des flots d'amertume
Qui laissent sur nos cœurs leur vague et leur écume !
Nos souvenirs présents, semblables à la mer,
Ont toujours dans le fond quelque chose d'amer !

LE RUISSEAU

Je suis la lyre des montagnes,
Mes cordes vibrent tous les jours ;
Elles célèbrent les amours
Des jeunes filles des campagnes!

C'est moi qui porte leurs soupirs
Dans les vallons, dans les prairies,
Et qui recueille leurs désirs
Au pied de mes rives fleuries.

Mes murmures couvrent leurs pleurs
De leurs accords mélodieux;
Ils descendent dans tous les cœurs
Comme les doux rayons des cieux !

Lorsque je vois passer l'Aurore
Sur son char couvert de rubis,
S'élève une voix plus sonore
Pour en recevoir un souris !

Alors les oiseaux se réveillent
Au bruit de mes charmants concerts,
Et ceux qui la nuit toujours veillent,
Je les endors dans mes déserts.

Lorsque je suis gonflé de larmes,
Je vais les porter à la mer ;
J'emporte tout, chagrins, alarmes,
Et ne conserve rien d'amer.

Pour purifier mes ondes
La mer les élève au ciel,
Où les douleurs les plus profondes
Se perdent dans ses flots de miel !

GÉNIE

Dans les lettres, les arts, honorons le génie,
Flamme ardente que Dieu fait rayonner en nous,
    Torrent sublime d'harmonie,
    Calme océan, mer en courroux !

De son limon fertile il anime la terre ;
Il le puise, il le prend en regardant aux cieux,
    Et doux soleil, il régénère
    Tout, de ses rayons radieux !

Il imprime la vie aux solitudes mornes,
Il console les morts au fond de leurs tombeaux ;
    Son horizon n'a pas de bornes,
    Ses éclairs sont toujours nouveaux !

Sous son regard brûlant la nature s'anime,
La toile reproduit ses beautés, ses grandeurs,
 Et comme elle, toujours sublime
 Quand son pinceau peint ses couleurs !

C'est lui qui fait parler la muette nature,
Qui recueille partout les voix et les soupirs,
 Qui console en leur sépulture
 L'amant, les morts et les martyrs !

Lorsque devant ses pas règne un profond silence,
Il écoute, il entend des langages d'amour ;
 Il les saisit quand il avance
 Et les emporte sans retour !

C'est un rayon du ciel, il franchit les espaces,
Pour mieux se rapprocher du Dieu de l'univers ;
 Son feu divin brise les glaces,
 Son feu divin trace ses vers !

Génie, oh! qu'es-tu donc? — Je suis, je suis moi-même,
Je vis du feu brûlant que Dieu projette en moi,
  Je porte ici son diadème,
  Je suis l'espérance et la foi!

Génie, oh! donne-moi les sentiments sublimes
Que tu puises au sein de l'immortalité,
  Et fais luire sur nos abîmes
  Les splendeurs de l'éternité!

INSTABILITÉ

Ces nuages d'azur qui passent sur nos têtes
Sont l'image ici-bas de l'instabilité :
Cette mer orageuse enfantant les tempêtes
Imprime sur les flots notre fragilité !

Tout change autour de nous, tout penche vers la terre,
La mort fait tout passer sous l'éternel niveau,
Et quand nous recevons son coup de cimeterre,
Déjà nous avons pris un vêtement nouveau.

Vous périrez aussi charmantes, jeunes filles,
Comme la fleur des champs qu'on voit à vos côtés,
Pour devenir au ciel les vivantes charmilles,
Où brillera sans fin l'éclat de vos beautés !

La cloche qui s'agite et tinte dans l'espace
Expire comme nous en parlant dans les airs,
Et sous la faulx du temps que l'âme seule embrasse,
Meurt tout ce qui vécut en ce vaste univers !

Doux oiseaux des forêts, tourterelles chéries,
Murmures des ruisseaux, tendres lyres des bois,
Ondes qui traversez les tranquilles prairies,
Animez-vous encore une dernière fois !

Nous devons nous quitter; mais que je vive encore
Pour réjouir mon âme à vos concerts si doux,
Et lorsque dans les cieux m'emportera l'aurore,
Etres chéris, qu'aucun ne manque au rendez-vous ! .

LE FLEUVE DE LA VIE

Le fleuve de la vie est le fleuve suprême
Qu'on ne peut traverser une seconde fois :
On voudrait revenir à la rive qu'on aime,
Et nous perdons de vue et la rive et les bois!

IL EST TARD

Il est tard, la nuit sombre a déployé ses voiles,
J'entends dans le lointain un sourd bourdonnement ;
    Aux cieux scintillent les étoiles,
Je me sens dans les flots d'un vague isolement!

Non! je ne suis pas seul; je suis avec mon âme,
J'interroge un passé qui ne peut revenir;
    Autour de moi je sens la flamme
D'une nouvelle vie et d'un autre avenir!

Oh! ne maudissons pas notre courte existence
Et jouissons des biens que Dieu nous a donnés;
    Un souffle est la seule distance
De son temple éternel, de ses champs fortunés !

Cette terre conduit aux célestes rivages
Où viennent aborder les justes d'ici-bas :
    Là-haut sont nos derniers naufrages,
Nos dernières douleurs et nos derniers combats.

Laisse-moi voir encor tes fleurs, belle nature,
Ton beau soleil, tes champs, tes vallons, tes ruisseaux,
    Et, comme une douce pâture,
Porte-moi les parfums qu'exhalent tes coteaux.

Porte aussi mes soupirs à celle que j'adore,
Ange de cette terre envolé dans les cieux !
    Avec les larmes de l'aurore
Emporte en même temps les larmes de mes yeux !

LA VIE

Pour traverser la vie armons-nous de courage,
  Il ne fait pas toujours beau temps :
  Le flot souvent monte avec rage,
Ses lames font passer de terribles instants !

Mais il faut résister aux coups de la tempête,
  Comme de braves matelots,
  Et laisser gronder sur sa tête
L'orage, les éclairs, la tourmente et les flots !

Nous sommes assaillis par les hommes eux-mêmes;
  C'est le sort de l'humanité
  De recueillir des maux suprêmes
Dans les incultes champs de la fraternité !

Mais tôt ou tard le Dieu qui gouverne le monde
Nous fait sentir son bras puissant,
Et vient fermer la mer profonde
Où tombent à la fois le fourbe et l'innocent.

L'homme forge des fers et nous couvre d'épines,
Dieu fait pour nous croître ses fleurs,
L'homme se plaît sur les ruines,
Dieu, d'un souffle, tarit la source de nos pleurs!

Dans la tranquille mer de la douce espérance
Voguons paisibles matelots,
Et sur le cap de la souffrance
Ne laissons pas sombrer nos fragiles canots.

COMBIEN DE SOUVENIRS

Pulvis et umbra.
Hor. I.

Combien de souvenirs de la tendre jeunesse
    Restent chers à nos cœurs ?
Tout tombe autour de nous, tout s'engouffre sans cesse
    Dans l'abîme des pleurs !

Cependant rien ne peut déraciner de l'âme
    Ces souvenirs passés ;
Ils circulent en elle, impérissable flamme
    De bonheurs effacés !

Ah ! ne regrettons pas les heures passagères
    De nos fortunés jours,
Ces souffles d'un moment, illusions légères,
    Emportés pour toujours.

Le temps a déposé dans le fond de nos cœurs
    Nos pensers et leurs charmes,
Et pour se consoler de leurs tristes erreurs
    Tous les cœurs ont leurs larmes !

Ne marchons pas toujours à l'urne des regrets
    La paupière mouillée ;
Nous laisserons longtemps à l'ombre du cyprès
    Notre cendre oubliée !

Jetons sur l'avenir un courageux regard,
    Travaillons sur la terre :
Travaillons aujourd'hui, demain il est trop tard ;
    Demain, ombre et poussière !

Lorsque je ne sens plus dans le fond de mon cœur
    Brûler les flammes de ma lyre,
Je lève au ciel mes yeux et de mon Créateur
    Le grand souffle m'inspire !

Je sens renaître en moi le feu de mon amour,
     Il fait vibrer ma lyre encore,
Transporté dans les cieux, poète tout le jour,
     Je redescends avec l'aurore !

Ingrat, je voudrais bien de son vaste univers
     Chanter la gloire et les merveilles,
Et porter à ses pieds quelques-uns de mes vers,
     Faibles lueurs de mes veilles !

Mais je vis ici-bas comme vivent tant d'hommes,
     Dans ma tranquille iniquité !
Il faudra bien un jour, et tous, tant que nous sommes,
     Compter avec l'éternité.

LE CIMETIÈRE

Hélas ! autour de nous quels changements rapides.
Dans leur suaire blanc que d'êtres emportés !
Que de pleurs ont coulé sur leurs caveaux humides,
    Que de morts y seront portés !

Chaque jour nous voyons conduire au cimetière
Des mères, des époux, des enfants, des vieillards :
Un prêtre est toujours là pour dire la prière ;
    Quelle suite de corbillards !

La mort amène ici, sans gardes ni trompette,
Les riches du matin, les parvenus du jour,
Et de tous leurs trésors elle fait table nette,
    Pour quelques larmes sans amour !

Nos douleurs sont pour vous, charmantes jeunes filles,
Qui dormez pour toujours sous l'arôme des fleurs ;
Entendez les sanglots de vos chères familles,
    Je vois sur vous tomber leurs pleurs !

Entendez des oiseaux les douces harmonies,
Ils voltigent sur vous, dorment dans vos cyprès ;
Que leurs tendres soupirs, leurs tristes symphonies
    Soient les échos de nos regrets !

LES LARMES

Dans les larmes et les sanglots
Que la nature a d'éloquence !
Elle avait pressenti les maux
De la passagère existence.

Des pertes qu'il nous faut souffrir
La larme amère nous console :
Elle aide le cœur à mourir,
Lorsque la douleur le désole !

Coulez donc, coulez, tendres pleurs,
De notre âme douce pâture ;
Et comme les parfums des fleurs
Épanchez-vous sur la nature !

La mort abaisse notre orgueil ;
Et quand l'espérance est ravie,
Elle nous fait porter son deuil
Sur les épines de la vie !

Si dans l'urne de nos douleurs
Tombaient les larmes de ce monde,
Pour mesurer ses profondeurs
Qui pourrait en tenir la sonde ?

II

Quand j'égare mes pas dans la belle nature,
J'absorbe les rayons qui descendent des cieux,
Son spectacle splendide est la douce pâture
    Et de mon âme et de mes yeux !

Je renais mille fois au souffle de la brise;
Sous le chant des oiseaux je sens battre mon cœur;
Que la mer en courroux sur le rocher se brise,
    Partout j'entends mon Créateur !

Je le vois sur la feuille où la mouche sommeille,
Je le vois quand le daim s'agite dans les bois,
Je le vois quand voltige et bourdonne l'abeille,
    Quand l'amour vide son carquois.

Je le vois, je l'entends quand le ruisseau murmure,
Quand le vent amoureux s'agite sur les fleurs :
Quand l'amante répond au cri de la nature,
  Et sur son sein répand ses pleurs !

Grand Dieu ! que votre gloire est grande et magnifique!
Votre puissance parle et la nuit et le jour!
De votre temple saint ouvrez-nous le portique,
  Ouvrez nos cœurs à votre amour !

Combien sont loin de vous les grandeurs passagères
Que l'homme vain se crée et se donne ici-bas,
Et qui s'en vont mourir comme des fleurs légères
  Sur le grand chemin du trépas !

Laissez-moi vivre encor pour chanter votre gloire,
Soleil resplendissant sur ce vaste univers :
Je n'ai pas à léguer au temple de mémoire
  Le crayon qui trace mes vers !

LA VIE

La vie est une lutte, il faut lutter sans cesse
Contre les coups du sort et de l'adversité;
Mer houleuse, sa vague et nous pousse et nous laisse
    Dans son gouffre agité !

Chaque heure anéantit nos espérances vaines,
Qui, comme la vapeur, se perdent dans les airs,
Et nous laissons ici nos dépouilles hautaines
    Pour en nourrir les vers !

Dans les chemins rugueux de cette courte vie,
Si souvent arrosés de nos stériles pleurs,
Qui toujours a trouvé sous une ombre chérie
    Le doux parfum des fleurs !

CETTE LAMPE QUI FILE

Cette lampe qui file est semblable à la vie,
Ses rayons lumineux ne durent qu'un instant;
La lampe de nos jours à son heure asservie
Comme un feu passager s'éteint en s'agitant.

Oh ! ne murmurons pas contre nos destinées,
Ne jetons pas au ciel nos regrets superflus,
Et sans maudire ici nos rapides journées,
Acceptons du destin le flux et le reflux !

Ne soyons pas jaloux des grands de cette terre,
Comme l'herbe des champs ils seront tous fauchés;
Un coup de vent du ciel leur montre la poussière
Dans laquelle bientôt ils seront tous couchés !

LA VIE

« *Vitæ summa brevis spem nos vetat inchoare longam.* »
Hor.

La vie est courte et passe ainsi qu'une ombre vaine,
Par l'orage et les vents tourmentée en son cours;
C'est le chant de l'oiseau qu'on entend dans la plaine
        Au déclin des beaux jours.

Elle sèche en naissant, larme qui toujours tombe,
Passagère rosée au lever du soleil;
Elle naît pour dormir dans le fond de la tombe
        Sans espoir de réveil !

C'est une eau que la terre et dessèche et dévore,
C'est une feuille, un son qui vibre dans les airs,
Le dernier tintement d'une cloche sonore
        Au milieu des éclairs !

Où t'exiles-tu donc, fugitive harmonie ?
Dans quelle région vas-tu chercher un port ?
Oh ! pourquoi voyons-nous ton sublime génie
S'éteindre dans la mort !

SONGES

O venez pendant mon sommeil
Me visiter, aimables songes !
Caressez encor mon réveil
De vos ingénieux mensonges.

Jetez sur mes pas mille fleurs,
Dorez le livre de ma vie ;
Rendez vos plus belles couleurs
A son illusion ravie !

Promenez-moi sur le Léthé
Dans la nacelle des chimères ;
Que je goûte la liberté
Sur ses ondes les moins amères !

Montrez-moi le champ du bonheur
Sur vos ailes d'or et de flamme;
Et sur votre souffle trompeur
Laissez au ciel monter mon âme.

FOLS . DÉSIRS

Sur les ailes des fols désirs
Le temps emporte la jeunesse :
Au milieu de ses vains soupirs,
La mort moissonne la vieillesse !

Le front toujours couvert de fleurs,
La jeunesse apparaît et passe,
Sans de sa joie ou de ses pleurs
Garder la fugitive trace !

La vieillesse au front soucieux,
Portant son collier de misère,
S'en va, pleurant jusques aux cieux
Les biens que lui garde la terre !

NOS JOURS

Sur l'aile mobile des songes,
Rapides s'écoulent nos jours;
Dans de fantastiques mensonges,
Du temps nous traversons le cours.

Prosternés devant les idoles
Du luxe et de la vanité,
Nous vivons, papillons frivoles,
Des sucs de leur inanité.

De notre céleste origine,
Ah ! gardons mieux le souvenir,
Ne passons pas, pauvre ruine,
Comme une ombre dans l'avenir !

De nos pas laissons quelque trace
Dans le champ de l'éternité,
Et comme un astre dans l'espace
Suspendons-y la vérité !

Faisons tomber de l'ignorance
Les autels partout florissants;
Séchons les pleurs de la souffrance
Dans les faibles, les innocents !

Que dans tous les coins de la terre
Règne enfin la fraternité,
Mensonge encor, vaine chimère,
Au banquet de l'humanité !

LE CIMETIÈRE DE SEATON

Salut au petit cimetière,
Salut! salut aux vieux tombeaux,
Salut à la verdâtre pierre,
Salut au cri sourd des corbeaux!

J'aime à regarder en silence
Ce champ vénérable et sacré,
Où le noir cyprès se balance,
Où des amis ont tant pleuré.

Là, tout est simple; point de marbre
Pressant vos corps, ô trépassés!
L'ombre voisine d'un vieil arbre,
Un vert gazon, et c'est assez!

7*

Au pied de la petite église,
Sous l'ombre de sa noble tour,
Vous dormez en paix sous la brise,
La prière et les chants d'amour !

Les grands, dans leurs vaines dépouilles,
Ont trouvé des vers comme vous,
Et leurs os, sous de vieilles rouilles,
Un sommeil peut-être moins doux !

REGRETS

Regrets à toi, charmante fille,
J'ai vu flotter tes blonds chèveux ;
Bonheur, espoir de ta famille,
Que ta mort fait de malheureux !

Repose en paix au cimetière
Sous les fleurs qui croissent pour toi
Nous irons pleurer sur la pierre...
Ou bien tout seul, ce sera moi.

J'irai sur toi verser mes larmes
Croyant te presser sur mon cœur,
Et le souvenir de tes charmes
Sera celui de mon bonheur!

QUAND NOTRE ESPRIT EST TRISTE

Quand notre esprit est triste et sombre,
Qu'il ne peut plus rien enfanter;
Qu'un noir démon, couvert d'une ombre,
S'en empare et vient le hanter;

Que les beautés de la nature
Ne parlent plus à notre cœur,
Qu'une profonde sépulture
Nous tient captifs comme un vainqueur;

Quand le doux ciel, les fleurs, les femmes
Ne nous inspirent plus de vers;
Que nous sentons mourir nos flammes,
Autres soleils pour l'univers;

Que faire alors dans ces ténèbres
Qui nous couvrent comme un tombeau;
Dans ces nuits sombres et funèbres
Nous cachant tout de leur bandeau?

Attendre que Dieu nous retire
Des fers de la captivité,
Et qu'il nous montre son empire,
Son trône et l'immortalité !

Alors tout en nous se ranime,
Notre horizon redevient pur;
Nous sortons du fond de l'abîme
Pour voguer dans des champs d'azur !

L'ESPRIT

Comme une ombre qui s'évapore,
Comme un son mourant sous les doigts,
Comme un doux rayon de l'aurore,
L'esprit émigre quelquefois !

Où vas-tu donc, tendre harmonie ?
Tu vas te cacher dans les cieux,
Pour en descendre rajeunie
Comme un feu pur et radieux !

Je vois le temps qui monte et qui toujours s'avance,
Mais je ne suis ici qu'une ombre, un vermisseau
Que le vent du destin on promène ou balance
    Tout autour du tombeau !

Je ne sais quand le Dieu de qui je tiens mon âme
M'ôtera l'esprit saint qui m'agite et me suit,
Mais tant que je vivrai pour lui sera la flamme
    Du feu qui me poursuit !

Quand je ne serai plus, d'autres liront ces pages
Et loueront avec moi le divin Créateur,
Heureux si leur écho dans les célestes plages
    Vient réjouir mon cœur.

HARMONIE

J'aime ta voix, douce harmonie,
J'aime tes sons délicieux ;
Tu naquis aux champs d'Ausonie,
Ton origine vient des cieux !

Tu fais descendre dans mon âme
Parfums, soupirs, tendresse, amour,
Tu l'enveloppes de ta flamme
Elle y vit la nuit et le jour !

Ta voix me plonge dans l'ivresse
D'un insaisissable bonheur;
La terre autour de moi s'affaisse,
Je vois les cieux dans leur splendeur !

Tu me plonges dans le délire,
D'un ange alors j'entends la voix,
Je me réveille, et c'est ta lyre
Qui m'a fait mourir mille fois!

Oh! laisse-moi l'entendre encore,
Laisse tes doigts harmonieux
Sur ta harpe douce et sonore
Qui de larmes mouille mes yeux.

Je sens mon âme qui s'élance
Dans des vagues de volupté,
Et dans l'extase me balance
Jusqu'au seuil de l'éternité.

Je vois alors un meilleur monde,
Mon âme en absorbe le miel,
Et de cette source féconde
J'emporte les trésors du ciel!

8

Mon âme alors devient meilleure,
Et ce bienfait je te le dois,
Que ne puis-je, à ma dernière heure,
T'écouter encore une fois !

J'emporterais avec mes larmes
Le doux reflet de ta beauté,
Et le cortége de tes charmes
Serait mon immortalité !

C'EST MOI QUI T'AI CRÉÉ

C'est moi qui t'ai créé ! regarde mes ouvrages,
Regarde-toi toi-même et vois ce que j'ai fait :
Dans ma main je te porte à travers tous les âges,
     Et rien ne s'est défait !

Tu ne te connais pas ! tu ne peux te connaître,
Mille secrets en toi sont cachés pour toujours ;
C'est moi qui suis ton Dieu, c'est moi qui t'ai fait naître
     Qui fais les nuits, les jours !

C'est moi qui t'ai donné la sublime lumière
Pour conduire tes pas à travers ton chemin ;
C'est moi qui te nourris du pain de la prière
    Et qui te donne un lendemain.

Tu ne te connais pas ! les jeux de tes organes
Resteront à jamais un mystère pour toi,
En vain veux-tu sonder d'insondables arcanes,
    Et seuls connus de moi !

Tu portes sur ton front la divine étincelle
Qui t'a marqué du sceau de l'immortalité ;
Tu règnes sur la terre, et ma source éternelle
    Est ton éternité !

En vain, chercherais-tu comment j'ai fait le monde,
En le créant, j'ai fait tout ce que j'ai voulu ;
Et je t'ai fait sortir de la terre féconde
    Comme je t'ai moulu !

Jouis en paix des jours que je te donne encore,

Sans jeter contre moi d'inutiles clameurs,

Heureux de t'apporter mon éternelle aurore

    Comme au matin, aux fleurs !

3

Notre esprit est souvent couvert d'un voile sombre,
Comme sur un long mur on voit peser une ombre !
Son soleil s'est caché dans l'épaisseur des bois
Et de ses rossignols on n'entend plus la voix !

Et que faire et que dire? attendons que dans l'âme
Il s'élance du ciel quelque rayon de flamme:
Alors le jour se fait dans ses voiles obscurs
Et sur ses horizons reviennent les azurs !

Tout renaît : mille feux projettent leur lumière,
Et l'esprit revêtu de sa force première,
Comme un astre inconnu qui brille dans les cieux,
Jette sur l'univers ses torrents radieux.

Esprit-Saint! viens donner ta force à mon génie,
Imprime dans mes vers la suave harmonie;
Inspire-moi des chants dignes de ta grandeur,
Dignes de l'univers, reflet de ta splendeur!

Dans l'immortalité quand partira mon âme,
Fais-lui sentir encor les rayons de ta flamme,
Et qu'aux chants infinis chantés pour l'Eternel,
Elle puisse mêler quelque hymne solennel!

LES GRANDS

De la pompe des grands ne soyons pas jaloux ;
  Tout change vite sur la terre :
Leur éclat passager dure moins que le verre,
Et malgré leur richesse, ils meurent comme nous.

Dieu seul est grand, son règne est sans fin, sa puissance
  Réside en son éternité !
Son souffle seul soutient notre fragilité
Qui retourne, à son gré, dans sa divine essence !

                                    [poussière,
Les grands, dans leurs grandeurs, ne sont rien que
  Des ombres au fond du cercueil !
La pompe qui les suit, une pompe de deuil,
Ne jetant pour mourir qu'une pâle lumière.

III

Avec quelle vitesse ont passé nos beaux jours!
Nous ne reverrons plus les heureuses années
Que le mobile temps dans son rapide cours
    A si loin entraînées!

Adieu, temps qui n'est p'   'es âpres aquilons
Ont poussé nos amis dans l'abîme des mondes :
Nous tomberons comme eux sans laisser de sillons,
    Dans tes vagues profondes!

La mort enlèvera les grands dans leurs palais
Et le pauvre endormi, calme dans sa chaumière,
Pour former de tous deux, un limon, un engrais
    Dans le fond de leur bière.

Nos corps sont ici-bas destinés à périr;
La main qui les créa leur assigne leur terme,
Et petit à petit le ver vient se nourrir
De notre dernier germe !

Emportés tour à tour comme des voyageurs,
Nous nous retrouverons dans une autre patrie,
Pour revivre immortels au milieu des splendeurs
De l'éternelle vie !

II

L'homme gravite autour d'une sphère d'erreurs :
Quand de la vérité brûle à ses yeux la flamme,
Il l'éteint aussitôt pour replonger son âme
    Dans un abîme de douleurs.

Lorsqu'il a pu briser les fers de l'esclavage,
Il caresse un moment la douce liberté ;
Et quand quelque tyran l'en a déshérité,
    Il se rendort dans son servage!

Comme les flots d'un fleuve, il fait couler son sang
Pour remporter ici des victoires amères,
Et sans cesse bercé par de vaines chimères,
    Vieillard, il meurt encore enfant.

Les grandes vérités, Dieu seul nous les enseigne !

Dans son temple est inscrit, le passé, l'avenir :

Et dans les grands combats qu'il nous faut soutenir

Dieu seul est notre porte-enseigne !

II

Nous nous plaignons toujours des maux de notre vie,
Sans tenir compte à Dieu de toutes ses faveurs;
Du sort de tous les grands nous n'aurions nulle envie,
Si nos yeux pénétraient dans le fond de leurs cœurs!

Passons donc ici-bas nos heures sans murmure
Et savourons les biens que Dieu nous a donnés :
Contre l'adversité l'homme vaillant se mure
Et coule en paix ses jours sans les croire damnés.

Comme ces bataillons qui marchent sur la route
Suivant sans reculer leur drapeau, leur tambour,
Marchons ferme comme eux, que rien ne nous déroute,
Sans voir si nous aurons une tombe au détour.

9

otre cœur, vieux tambour, bat aussi la retraite ;
Jetons sur la nature un soupir, un regard,
Et lorsque nous sentons que le temps nous maltraite,
De nos félicités faisons-nous un rempart !

Allons revoir les lieux de notre douce enfance,
Le vieux chêne où sans bruit nous conversions tous deux :
Des souvenirs passés réveillons le silence
Et ranimons encor les échos amoureux !

☺

Nous renaissons sous vos ombrages,
Vos parfums guérissent nos maux.
Croissez, croissez, charmants bocages,
Protégez-nous de vos rameaux.

Riants vallons, bois solitaires,
Rochers si connus des amours,
Sentiers qui cachez les mystères,
Prêtez-nous aussi vos détours !

Et toi, ruisseau de la prairie,
Dont le murmure est un soupir,
Passe sur notre âme attendrie,
Comme le souffle du zéphir !

Aux mille voix de la nature
Ayant uni nos sentiments,
 Nous reverrons la source pure
Où s'attendent tous les amants !

FRAGMENT

Couvrons l'humanité de rayons d'harmonie,
  Partout effaçons ses malheurs,
  Et que dans la sphère infinie
Elle n'exhale plus ni plaintes ni douleurs !

LES SOUVENIRS

Quels tristes souvenirs assombrissent notre âme
Quand nous interrogeons un passé qui n'est plus!
Tout ce qui nous fut cher est mort! vaine flamme,
Enveloppant nos cœurs de regrets superflus!

Tout se transforme alors en vaste solitude;
Nous entendons partout s'exhaler des soupirs,
Et partout nous portons la vague inquiétude
Qu'enfantent nos douleurs, nos larmes, nos désirs!

Tout ce que nous aimons dans la belle nature
Se trouve enseveli dans le fond du tombeau;
De chagrins renaissants victimes et pâture,
Nous voyons de nos jours s'éteindre le flambeau.

Voici les bois charmants qui nous prêtaient leur ombre,
Et les petits sentiers où nous marchions tous deux ;
Voici le cimetière où sont venus sans nombre
S'agenouiller en pleurs tant d'êtres malheureux.

Voici la vieille église et la sainte chapelle
Où nos vœux vers le ciel montaient comme l'encens;
Voici la vieille chaise où je priais près d'elle!
Oh! qui saura jamais tout ce que je ressens!

Nous portons ici-bas nos croix et nos épines,
Comme des hommes forts portons-les vaillamment ;
Quand l'âme sortira de nos corps en ruines
Le ciel aura tari nos larmes d'un moment!

Que l'aveugle destin souvent se montre étrange,
Ou de notre bonheur serait-il donc jaloux ?
Ce qui fut adoré, le sépulcre le mange,
Ce que nous adorons est rarement pour nous!

X

Quand on s'exile de ce monde,
Lit de Procuste et de douleurs,
Aussitôt une paix profonde
Comme un souffle sèche nos pleurs !

Nous élevant dans les espaces
Où règne l'immortalité,
Nous laissons à terre les traces
De l'humaine fragilité !

La nature nous régénère
De ses parfums mystérieux,
Nous renaissons dans l'atmosphère
Des azurs qui tombent des cieux !

Alors nous sentons une flamme
Nous animer de ses rayons,
Et qui vient dégager notre âme
De nos périssables haillons !

Par son influence divine,
Plus près de notre Créateur,
Nous oublions notre origine
Sous la faulx du temps destructeur.

Contemplant la belle nature
Dans son spectacle solennel,
Nous trouvons une autre pâture
Au grand souffle de l'Eternel !

C'est nous seuls qui savons, pqètes,
Révéler dans nos vers brûlants
Du ciel les vérités secrètes
Ou ses mystères éclatants.

Les déposant parmi les hommes,
Du doute affreux nous les sauvons;
Nous leur montrons ce que nous sommes
Et la route que nous suivons!

En contact avec les étoiles,
Et de concert avec les cieux,
C'est nous qui déchirons les voiles
Qui les dérobent à leurs yeux.

H

Dépêchons-nous d'agir, dépêchons-nous d'aimer,
Oh! nous ne savons pas ce qu'il nous reste à vivre :
Dans un espoir trompeur pourquoi nous consumer
    Et vouloir se survivre?

Les plus célèbres noms s'effacent tour à tour,
Le temps les engloutit au fond de ses abîmes,
Et sans y rien pouvoir, on le voit chaque jour
    Emporter ses victimes!

Moissonnons donc les biens que Dieu nous a donnés,
Sans jamais murmurer contre notre existence,
Et ne reléguons pas les moments fortunés
    Dans la vaine espérance.

Chaque été nous apporte et ses fruits et ses fleurs,
Comme eux nous passerons plus rapides que l'onde :
Tout à coup emportés comme des voyageurs
    Dans l'invisible monde !

Laissons dans tous les cœurs un tendre souvenir :
Saisissons le bonheur, cette ombre passagère ,
Avant de l'entrevoir aux champs de l'avenir,
    Goûtons-le sur la terre.

X

Quel génie infernal, quel esprit de ténèbres
Porta l'homme à nier son divin Créateur!
Quelle main le couvrait de vêtements funèbres
Et lui cachait du ciel le glorieux auteur!

Combien il faut gémir sur ces pauvres natures
Couvertes en naissant des voiles du trépas,
Qui passent de la vie au fond des sépultures,
Faisant de Dieu, pas plus que s'il n'existait pas.

O mon Dieu, que ta gloire est grande et magnifique!
Tu la fais resplendir sur ce vaste univers!
Les cieux que nous voyons sont l'éternel portique
Où te chantent mille voix dans d'éternels concerts.

10

Qu'ici-bas tous les cœurs vers ton trône s'élèvent
Pour chanter ta puissance et son immensité;
Que de leur abaissement les déchus se relèvent,
Et s'endorment en paix dans ton éternité.

Remplis mon âme encor du feu de tes soleils
Pour dire dans mes vers tes grandeurs infinies,
Et viens nous révéler, dans nos profonds sommeils,
De tes œuvres sans nom les belles harmonies.

TOUJOURS! JAMAIS! JAMAIS! TOUJOURS !

« L'Eternité est une pendule, dont le balancier
dit et répète sans cesse ces deux mots seulement,
dans le silence des tombeaux : Toujours! Jamais!
Jamais! Toujours!   JACQUES BRIDAINE.

Au milieu de la nuit qui couvre tous les âges
Et les êtres sans nombre endormis au tombeau,
Je vois des ossements, des débris de naufrages,
J'entends au loin le cri de l'avide corbeau.

Le temps passe escorté des torrents invisibles
De mondes entassés, des siècles et des jours,
Son horloge redit ces mots indestructibles :
Toujours! jamais ! jamais! toujours!

De cette mer immense où les fleuves s'engouffrent,
Dont les flots sont gonflés de soupirs, de douleurs,
S'élèvent les sanglots, les voix de ceux qui souffrent
Et qui n'ont pour cercueil qu'un suaire de pleurs !

Le temps passe escorté des torrents invisibles
De mondes entassés, des siècles et des jours ;
Son horloge redit ces mots indestructibles :
    Toujours ! jamais ! jamais ! toujours !

Traversons lentement ces froides catacombes
Où tout a respiré, maintenant où tout dort,
Sur leurs noirs ossements sans pierres et sans tombes
Comme un ardent vautour y plane encor la mort !

Le temps passe escorté des torrents invisibles
De mondes entassés, des siècles et des jours,
Son horloge redit ces mots indestructibles :
    Toujours ! jamais ! jamais ! toujours !

Ah ! de sombres pensers ne couvrons pas notre âme,
Ranimons-nous encore aux rayons du soleil :
Lorsque Dieu parlera, le souffle de sa flamme
Fera sortir les morts de leur profond sommeil !

Le temps passe escorté des torrents invisibles
De mondes entassés, des siècles et des jours ;
Son horloge redit ces mots indestructibles :
    Toujours ! jamais ! jamais ! toujours !

Dieu dira : « Levez-vous, élus de ma patrie,
Sortez de vos tombeaux, plus de captivité !
Allez revivre encor d'une nouvelle vie
Dans le bonheur sans fin de l'immortalité !
    Ici, Jamais ! là-haut, Toujours ! »

QUE TU VIENS TARD

Au pied de mon lit de douleurs,
Lorsque j'allais quitter la terre,
Je t'ai vu m'apporter des fleurs;
J'ai vu ta larme solitaire :
 Que tu viens tard !

J'ai senti passer tes sanglots
Dans mon âme pour toi brûlante,
Et tu reçus mes derniers mots :
« Au ciel retrouve ton amante! »
 Que tu viens tard !

Je pus presser ta main si chère;
Que n'a-t-elle senti mon cœur
Lorsque se fermait ma paupière,
J'entendais les anges en chœur :
  Que tu viens tard !

J'aurais voulu sécher tes larmes,
Te ranimer dans l'éternel
Et te faire entrevoir les charmes
Que déjà je goûtais au ciel !
  Que tu viens tard !

Te voilà donc, ô mon bon ange,
Pour toujours tu viens près de moi;
Tu viens d'une terre où tout change,
Ici je vais vivre pour toi!
  Que tu viens tard !

Vois dans quelle belle patrie
Nous coulerons en paix nos jours !
Nous renaissons d'une autre vie
Que Dieu nous donne pour toujours!
Que tu viens tard !

LES ENFANTS

J'aime à vous voir sur le gazon,
Aimables enfants du village;
Pour vous il n'est pas de saison,
Tout sourit à votre jeune âge !

Les fleurs naissent sur votre cœur,
Sur votre bouche on voit la rose;
Et sur les rayons du bonheur
Votre petit berceau repose.

Les oiseaux murmurent en vous
Leurs soupirs, leurs chants d'allégresse :
Vous donnez le miel le plus doux
Quand vous donnez une caresse.

Votre sourire est un nectar,
Vos petits mots sont l'éloquence;
Vos doux baisers, votre regard
Sont les trésors de l'existence.

Vous ne sentez pas les hivers
Quand nos cheveux sont pleins de glace;
Les vôtres sont toujours couverts
De fleurs que chaque instant remplace.

Vous portez sur vous les parfums
Du bonheur et de l'espérance,
Et vous consolez les défunts
Lorsque leur âme au ciel s'élance !

Venez à moi, petits enfants,
Soyez mon paradis, mes anges;
Couvrez de fleurs mes derniers ans,
Soyez mes oiseaux, mes mésanges,

LA CLOCHETTE

J'aime à te voir dans les campagnes,
. Sur les coteaux, dans les prairies,
Douce clochette des montagnes ·
Où j'exile mes rêveries!

J'aime à te voir quand le Rhin roule
Ses belles et rapides eaux;
Quand la tourterelle roucoule,
J'aime à te voir sous les ormeaux,

Charmante feuille du mystère,
Qu'es-tu dans le sombre vallon?
Qu'es-tu sur le sol solitaire
Quand se balance l'aquilon?

Je suis ici-bas l'espérance,
Je suis le rayon lumineux
Qui, lorsqu'un orage s'avance,
L'immerge dans ses mille feux !

Quand le chagrin afflige l'homme,
Mon doux regard vient le guérir;
Et quand la douleur le consomme,
Je sais l'empêcher de mourir !

Partout Dieu sème l'espérance,
Nous la trouvons dans nos malheurs
Comme une brise qui s'élance
Au secours des plus tendres fleurs !

Rhelnweiler, grand-duché de Bade,
21 sep:embre 1869.

LE RHIN

Je ne reverrai plus les ondes
Qui passaient hier sous mes yeux !
Elles courent à d'autres mondes
Inconnus et mystérieux.

Elles quittent notre atmosphère
Pour se mêler à d'autres cours;
Ainsi nous passons sur la terre,
Nous disant adieu pour toujours !

Sur la nacelle de la vie
Que d'êtres sans cesse emportés !
Comme eux, dans une autre patrie
Demain nous serons transportés !

11

Ainsi ce noble Rhin qui coule
Sans être jamais arrêté,
Est bien l'image de la foule
Sur le flot de l'éternité!

(Pheinweller, 23 septembre 1869)

LE RHIN

Que je te voie encore, ô fleuve magnifique,
Suivre avec majesté ton rapide parcours !
J'aime tes tourbillons et leur éclat magique
Murmurant dans mon cœur comme des chants d'amours!

J'aime les mille azurs qui brillent sur tes ondes,
Et les mille rubis qui passent sur tes eaux;
Tes plis harmonieux sont pour moi mille mondes
Allant s'ensevelir dans leurs mille tombeaux.

Avancez-vous, ondes rapides,
Emportez tout, nobles torrents,
La terre dans ses eaux avides
Entraîne aussi petits et grands!

Quand jo te reverrai combien do créatures,

O fleuve des Germains, auront quitté tes bords !

Laisse-moi donc cueillir les fleurs de tes verdures

Avant de me porter dans le lit de tes morts !

(17 décembre 1869.)

LE RHIN

Je pense à toi, vieux Rhin, à tes belles collines,
    A tes vallons silencieux,
A tes eaux murmurant leurs airs mélodieux
    Devant tes châteaux en ruines!

Je voudrais te revoir et respirer encor
    L'air parfumé de tes eaux pures,
Et cueillir, écoutant l'écho de tes murmures,
    Tes beaux bleuets, tes boutons d'or.

Je voudrais les offrir à quelque jeune fille
    Seule, sur tes bords soupirant ;
Et rouler dans tes eaux, impétueux torrent,
    Avec son herbe et sa faucille.

11*

NOTRE CŒUR

Notre cœur est une urne où tombent nos soupirs
Qu'enfantent chaque jour nos peines, nos alarmes,
D'un passé qui n'est plus, douloureux souvenirs,
De bonheur, de regrets, de tristesse, de larmes!

REGRET

Mes yeux suivent encor le rapide vapeur
Qui l'arracha si vite aux élans de mon cœur;

Dans l'espace infini, comme une étoile errante,
Mon âme s'envola pour retomber mourante :

L'Océan m'a ravi charmes, tendresse, amour,
Et je les pleure en vain et la nuit et le jour !

ATTACHEZ-VOUS

Attachez-vous avec tendresse,
Aimez, aimez d'un vif amour ;
La femme adore avec ivresse
Lorsque l'amant est sans détour.

Si comme un papillon volage
Qu'on voit passer de fleur en fleur,
Elle est pour vous un badinage,
N'attendez plus rien de son cœur.

Comme cette onde qui s'agite
Sur les deux rives d'un ruisseau,
Qui s'éloigne et se précipite,
Allant chercher un lit nouveau :

La femme alors vous abandonne,
Son cœur a pris un autre cours,
Elle attend une autre couronne
D'un autre, pour aimer toujours !

La femme est un être mobile
Plus mobile que le zéphyr,
Et l'amant serait bien habile
Qui croirait pouvoir l'asservir.

Comme les larmes de l'aurore
Qu'on voit le matin sur les fleurs,
La femme est pure, elle aime, adore,
Dans son ivresse ou dans les pleurs.

M

Un cœur brûlant et tendre aime jusqu'à la mort,
Aux combats de l'amour abandonne son sort ;
Pour vaincre les périls, il s'arme de courage
Et la palme est au bout, son glorieux ouvrage !

Arrière les cœurs froids qui n'aiment qu'en passant ;
L'Amour se reconnaît à son œil frémissant :
Il marche accompagné de la douce Constance
Qui lui donne toujours le prix de sa vaillance !

X

Aimez-vous! aimez-vous! la vie est fugitive,
    Torrent rapide dans son cours;
    Il nous enlève de la rive
    Et nous submerge pour toujours!

Que deviendront bientôt vos implacables haines,
La mort les plongera dans le fond du tombeau :
Dégagez-vous vivant du lourd poids de vos chaînes,
[Et que le dernier jour soit le jour le plus beau !]

M

Oh! que je suis heureux assis auprès de vous!
Que j'aime à contempler votre belle figure!
Que j'aime les doux feux de vos regards si doux,
Je les vois rayonner sur toute la nature!

Je tombe dans l'extase assis à vos côtés,
J'absorbe les parfums qu'exhale votre bouche;
Non! je ne suis plus moi, mes sens me sont ôtés
Quand j'approche de vous et que mon pied vous touche!

Que je serais heureux enchaîné dans vos fers,
Ils seraient sur mon cœur une chaîne chérie :
Vous seriez ma prison, mon ciel, mon univers,
L'oasis de mes jours, ma plus chère patrie!

J'AIME A VOUS VOIR

Comme un doux rayon de l'aurore,
Comme Vénus brillant aux cieux,
Comme une fleur qui vient d'éclore,
Vous charmez mon âme et mes yeux !
Tremblant comme une faible feuille,
Je me nourris d'un vain espoir,
Dans mes soupirs je me recueille,
        J'aime à vous voir :

Les doux arômes de la rose,
Comme l'encens montant au ciel,
N'ont pas le parfum que compose
Votre bouche, nectar et miel.

Vos yeux lancent une lumière
Comme les étoiles du soir,
Ils éblouissent ma paupière,
    J'aime à vous voir !

Vous me jetez dans le délire
Lorsque je suis auprès de vous,
Et je sens s'échapper ma lyre
Lorsque je touche vos genoux !
Ma bouche alors devient muette,
Mais, retrouvant un doux espoir,
Avec langueur elle répète :
    J'aime à vous voir !

II

Dans tous vos mouvements la noblesse rayonne,
Et dans votre œil si doux mille feux brillent toujours ;
On y voit constamment mille petits amours
    Amoureux de votre personne :
Dans votre douce voix, chaîne des cœurs martyrs,
On entend mille voix exhalant des soupirs.

    Dans votre doux silence,
    On sent avec bonheur
    Une douce éloquence
    Qui, comme une cadence,
    Descend au fond du cœur !
De vos cheveux si beaux, magnifiques ombrages
    Du plus beau des visages,

De votre cou charmant

Se dégagent mille feux qui vont au fond de l'âme

Et, soupirante flamme,

La brûle en un moment !

Sur votre fine bouche où siége un doux sourire,

Où la grâce s'épanche, où la bonté respire,

On voit encor d'autres amours,

Qui, comme des oiseaux, savourent tous vos charmes,

Qui scintillent toujours

Et font tomber des larmes,

Si, lasses du sceptre des Dieux,

Euphrosine, Aglaé, Thalie

Voulaient un jour changer de vie

En s'éloignant un peu des cieux ,

Les Dieux descendraient sur la terre ;

Bientôt tomberait leur courroux,

Un moment sécherait leur larme solitaire

En retrouvant ici les trois Grâces en vous.

N

Comme un soleil tu vins frapper ma vue,
Ton souvenir ne peut quitter mon cœur;
Il me poursuit, me domine en vainqueur,
Que je voudrais ne t'avoir jamais vue !

Partout je vois tes traits éblouissants,
Partout je vois ta séduisante image,
Je ne vois plus! tes traits sont un mirage
Qui fuit sans cesse et trouble tous mes sens.

Regarde-moi, qu'un rayon de ton âme
Pour t'adorer m'empêche de mourir!
De ton regard laisse tomber la flamme,
Je vais renaître et cesser de souffrir.

12*

Comme un soleil tu vins frapper ma vue,
Ton souvenir ne peut quitter mon cœur;
Il me poursuit, me domine en vainqueur;
Que je voudrais ne t'avoir jamais vue !

UN REGARD

Quel effet un regard exerce sur notre âme,
C'est la foudre souvent qui s'élance des cieux,
L'enveloppe soudain, la brûle de sa flamme ;
Ce regard, c'est le tien, me brûlant par tes yeux.

X

Oh ! ne me quittez pas, vous que mon âme adore ;
Vous descendez en moi comme un rayon du ciel !
Oh ! que sur votre main ma bouche puise encore
Un doux parfum de miel !

X

Je ne sais quel aimant m'attire auprès de vous,
Je ne sais quelle force à vos côtés m'enchaîne;
Je voudrais n'être pas sans cesse à vos genoux,
Et toujours m'y retient une invisible chaîne !

Cette chaîne est le feu de vos regards si doux, |
Ce feu qui me pénètre et subjugue mon âme,
Ce feu qui me dévore en me rendant jaloux,
Et qui creuse ma tombe au milieu de sa flamme

Rose, parfum chéri des plus suaves fleurs,
Laissez-moi m'animer de votre douce essence;
Et que le même amour enchaîne nos deux cœurs
Dans les tendres liens d'une même existence !

XI

De l'amour trop longtemps battu par les orages
Je jouissais, heureux de mon tranquille sort;
Je croyais que mon cœur à l'abri des naufrages
    Etait à l'ancre dans le port!

Je croyais, libre enfin, retiré sous la brise
De paisibles vallons et de leurs douces fleurs,
Que l'amour n'aurait plus de pouvoir ni de prise
    Sur le plus agité des cœurs!

Hélas! que ma croyance était futile et vaine!
Je vous vois et mon cœur est votre prisonnier;
Vous lui faites porter le poids de votre chaîne,
    Mais ce poids sera le dernier!

L'Aurore en passant sur les fleurs
Les fait revivre de ses larmes,
Et vous faites mourir les cœurs
Lorsqu'ils s'approchent de vos charmes !

Le soleil reprend à l'Aurore
Les larmes qu'elle porte au jour;
Pourquoi ne prend-il pas encore
Un peu du feu de mon amour !

X

Que vous étiez charmante assise
Sur votre petit tabouret !
Oh! quelle grâce plus exquise !
Oh! pour les yeux quel temps d'arrêt !

Tous les charmes sur vous scintillent,
Comme l'étoile dans les cieux,
Mais leurs vifs aiguillons pointillent
Bien plus mon âme que mes yeux !

———

MÉTAMORPHOSE

Si le Dieu des métamorphoses
Devait un jour me transformer,
Sur la plus brillante des roses
Un doux nid j'irais me former.

Je quitterais les tendres feuilles
Pour me porter sur votre sein ;
Je quitterais les chèvrefeuilles
Pour exécuter mon dessein.

Avec mes deux ailes de mouche
Je volerais sur vos cheveux ;
J'irais caresser votre bouche
Et me consumer dans ses feux.

13

N

Que j'aime à voir ta belle bouche
Et ses mille petits amours,
Voltigeant comme l'oiseau-mouche,
Sur elle y reposer toujours !

Que j'aime les yeux pleins de flamme ;
Que je voudrais ne pas les voir !
J'aime ta bouche dans mon âme,
Je l'y sens comme un doux espoir !

Mais tout cela n'est qu'un vain rêve ;
Ce sont des fleurs toujours à toi
Qu'un vent mystérieux soulève
Sans jamais les unir à moi !

N

J'aime à prendre ta main, la presser dans la mienne
Et la tenir ainsi captive avant qu'on vienne !
Il semble que mon cœur absorbe de ton cœur
Tous les plus doux parfums de l'espoir, du bonheur !

Je jette mon regard sur ta divine bouche
Et je me sens heureux lorsque ma lèvre y touche !
Le bonheur est semblable à la fleur du chemin,
Son arôme s'en va dès qu'il est dans la main.

X

Il est minuit, je pars; fleur, arôme ou mirage,
Vous viendrez mille fois caresser mon sommeil!
Vous avez mes soupirs, mon cœur a votre image...
Oh ! qu'il me serait doux de mourir sans réveil !

ATTRACTION

Je ne sais quel pouvoir auprès de toi m'attire,
Quel aimant inconnu m'entraîne à tes côtés ;
Quelle main de géant à tes genoux me tire,
Pourquoi je suis sans force et mes bras sont ôtés !

Lorsque je vois tes yeux descendre dans mon âme,
Je me sens agité comme un faible roseau ;
Mon cœur brûle et gémit sous leur céleste flamme,
Et je reste sans voix comme un timide oiseau !

C'est que mon cœur est plein de ta divine essence :
Elle passe sur lui comme un rayon de miel !
Et dans ses doux parfums il recueille en silence
Les suprêmes bonheurs de deux âmes au ciel !

13

X

O ma chère Marie,
Tout mon cœur est à toi,
Accorde, je t'en prie,
Un retour à ma foi !

Si tu quittes la France
Sans un doux souvenir,
Oh ! dans quelle souffrance
Tous mes jours vont finir !

Dans le fond de mon âme
S'agite ton regard,
Je le sens comme un dard
Environné de flamme !

Donne un doux souvenir
A ma longue souffrance,
Et Dieu saura bénir
Ton amour, ma constance!

Je le sens à mon cœur,
Tu le vois à mes larmes,
Je n'ai plus de bonheur,
Adoucis mes alarmes!

A tes pieds pour toujours
Je dépose ma flamme,
Dans nos tendres amours,
Oh! confondons notre âme!

BONSOIR, MARIE

Les jours auprès de toi passent comme un torrent,
Je ne puis arrêter les heures fugitives,
    Encor moins que les rives
    N'arrêtent le courant.

Minuit ! il faut partir ! demain, c'est long encore ;
Il faut me résigner à subir mon destin !
    Non ! j'attendrai l'aurore
    Ou plutôt le matin !

    Bonsoir, Marie !

Je ne te verrai plus qu'à l'heure du réveil,
Mais ta divine image au milieu de mes songes
    Charmera mon sommeil,
    Sans qu'à moi tu ne songes !
    Bonsoir, Marie !

LE DÉPART

Je garderai de toi le plus doux souvenir,
Ton image vivra dans mon cœur, éternelle :
Et quand auprès de moi tu pourras revenir,
Tu me retrouveras, toujours, toujours fidèle !

Je te suivrai partout et la nuit et le jour ;
Je suivrai le vaisseau qui t'enlève à mon âme ;
Puisses-tu voir encor le feu de mon amour
Dans les feux étoilés de ses sillons de flamme

Tu le retrouveras, ce cœur toujours à toi ;
Quand le vent gémira sur ton heureux navire,
    Crois toujours que c'est moi
    Qui gémis et soupire.

※

Je pense à toi, femme chérie,
Lorsque je ne puis pas te voir ;
Ton souvenir est la patrie
De mon bonheur, de mon espoir !

———

M

Si j'avais un baiser de ta bouche chérie,
　Je serais le plus grand des dieux,
Et je l'emporterais dans mon âme attendrie
　Pour le goûter encore aux cieux !

X

Que le vent qui gémit te porte mes soupirs,
Que le ruisseau qui court te porte aussi mes larmes,
Près de toi je mourrais, souffrant tous les martyrs,
Loin de toi je vivrai du parfum de tes charmes!

SUR DES JACINTHES

Quel arôme délicieux
S'échappe de vos fleurs si belles !
C'est un parfum qui vient des cieux
Et des montagnes éternelles !

Elles charment par leur blancheur,
Par leur beauté, leur bleu céleste ;
Elles ont un air de grandeur
Sous une apparence modeste !

Présents de la divinité,
Elles animent la nature,
En reparaissant chaque été
Avec leur robe toujours pure.

Mais celles que vous cultivez
Ont quelque chose de vous-même,
Et la grâce que vous avez
S'y réfléchit sous votre emblème.

II

Je quitte vos coteaux, plein d'un doux souvenir,
Gardant comme un trésor vos charmants primevères ;
Le temps desséchera leurs dépouilles si chères
Qui près de vous un jour me feront revenir.

✿

Je ne te verrai plus ! la mer t'exile encore !
Oh ! que ton souvenir reste cher à mon cœur !
Comme sur l'horizon l'on voit briller l'aurore,
Ainsi rayonne en moi ton regard séducteur !

Qu'il fut triste le jour qui t'éloigna de France !
Le navire emportait tous les trésors des cieux,
Grâces, charmes divins, doux soupirs, espérance !...
Oh ! qui te portera tous les pleurs de mes yeux ?

FEUILLE DE ROSE

J'ai toujours conservé cette feuille de rose
Que tu jetas sur moi le jour de ton départ ;
Elle était fraîche alors, brillante, à peine éclose,
Je ne pus te donner qu'un triste et long regard

Le temps a desséché les larmes de l'aurore
Qui sur elle tombaient de son char, en passant ;
Mais séparé de toi, mon cœur conserve encore
Cette feuille, cyprès au parfum séduisant !

Je viens de la couvrir d'un baiser de ma bouche,
Et la confie aux flots sous l'aile de l'autan ;
Quand tu la recevras, oh ! que ta lèvre y touche
Pour nous unir encore à travers l'océan !

———

14*

Quand je ne vous vois plus, le vol de ma pensée
　　Me ramène aussitôt vers vous,
Et mon âme amoureuse, inquiète, affaissée,
Retrouve le bonheur dans vos regards si doux.
Vous pénétrez en moi comme un rayon céleste :
Je sens la nuit, le jour, votre pouvoir vainqueur,
Vous êtes ici-bas le seul bien qui me reste
Oh ! ne me l'ôtez pas, ce bien, c'est votre cœur !

M

Oh ! que nos jours s'écoulent vite,
Fantômes vains, illusions !
La mort nous prend à la poursuite
Des rêves de nos passions !

58

Sur mon cœur affaissé sous le poids de ta chaîne
On trouvera ton nom inscrit par la douleur
Et je l'emporterai dans la céleste plaine
Sur mon âme, autre cœur!

35

Pensez à moi loin de la France,
Gardez en vous mon souvenir ;
Je vis, je vis de l'espérance
De vous revoir et de mourir !

39

Je ne te verrai plus, je le sens à mon cœur,
Et tu me laisses seul en proie à mon malheur !
Chacun de mes soupirs absorbera ton âme,
L'éternel aliment d'une éternelle flamme !

OCÉAN

Roule encore à mes pieds tes ondes,
Vieil océan, majestueux !
Tu remplis mon être de songes
Et sur tes bords je suis heureux !

Tes flots sont la fidèle image
Du flux et reflux que je vois,
Tu m'apprends à braver l'orage,
Adieu pour la dernière fois !

Echos muets de la nature,
Qui parlez au fond de mon cœur,
Venez comme une source pure
M'inonder encor de bonheur.

Je crois saisir dans vos languages

De mes amis la tendre voix ;

Je me sens couvert de nuages;

Adieu pour la dernière fois !

ħ

Adieu, noble Océan ! je quitte ton rivage,
J'emporte dans mon cœur tes longs mugissements,
Des luttes des mortels et de leurs déchirements
Tu fus et resteras la plus fidèle image !

LE BONHEUR

Nous voyons le bonheur toujours bien loin de nous,
Et nous courons après cette étoile suprême
Quand souvent nous l'avons au dedans de nous-même,
Moi, je le trouve auprès de vous !

———

※

Pourquoi d'un gros bouquet de roses
Fatiguer votre belle main ?
Toutes les fleurs à peine écloses
Vous les avez sur votre sein.

Si j'étais comme vous jolie,
Je ne porterais pas de fleurs :
Je serais assez embellie
Par les chaînes de tous les cœurs.

LA CRÉOLE

Pensez à moi, femme chérie,
Sous votre ciel aux orangers,
Soir et matin, pour vous je prie
Qu'il vous sauve de tous dangers !
Pensez à moi quand la nuit tombe,
Je pense à vous quand vient le jour ;
Si pour tous deux s'ouvrait la tombe,
Qu'elle y recueille notre amour !
Pensez à moi quand se tourmente
L'oiseau tout seul ou prisonnier ;
Pensez à moi quand la tourmente
Couvre de flots le nautonier.
Dans les vagues de la souffrance
Bat et gémit pour vous mon cœur ;
Ouvrez le port de l'espérance
A son exil, à sa douleur.

15.

La mer vous apporte mes larmes
Et mes soupirs et tous mes vœux ;
Que ses flots calment mes alarmes
Et nous rapprochent tous les deux.
Alors pour moi plus de tempêtes,
Un beau soleil luit sur mes jours,
Le bonheur prépare ses fêtes,
Et Dieu nous bénit pour toujours.

LE TOMBEAU DE L'AMOUR

Passant, arrête ici tes pas,
Je suis l'Amour qui tout dévore !
Peut-être ne me sens-tu pas,
Ou dois-tu me sentir encore !
Si tu touches à mon carquois,
C'en est fait de ta pauvre vie ;
Je te percerai mille fois !
Prends garde, écoute bien ma voix,
Amour n'est rien que tricherie.

BELLE NATURE

Oh ! conduis-moi, belle nature,
Dans tes plus tranquilles chemins,
Près d'une eau calme et qui murmure
Entre des tilleuls ou des pins.

Couvre-moi de vertes ramures
Près du parfum de tendres fleurs,
Loin du choc brûlant des armures
Où le sang coule avec les pleurs !

Ouvre à mes pas tes douces routes
Loin des cailloux durs et tranchants,
Laisse-moi m'asseoir sous les voûtes
Où l'oiseau soupire ses chants.

Dans les sentiers de l'existence
Nos pas se tiennent incertains,
Heurtés de distance en distance
Ou par des rocs ou des ravins.

Toujours exposés aux naufrages,
Aux durs coups de l'adversité,
Allons demander aux ombrages
La paix avec la liberté !

SOLITUDE

Je suis au milieu du silence,
Je vois la mer, les monts, les cieux ;
Le soleil sur l'horizon lance
Ses rayons doux et radieux !

Les brises de la solitude
M'apportent la paix, le bonheur :
Je suis libre d'inquiétude
Sous le souffle du Créateur !

Je m'élance dans la nature
Sur les rochers, près des torrents ;
J'entends le fugitif murmure
De ruisseaux limpides, errants.

J'entends sous la verte feuillée
L'oiseau soupirer son amour,
Et dans mon âme consolée
Descendent les rayons du jour

Rayons de joie et d'espérance,
Rayons de l'immortalité,
Qui tombent de la voûte immense
Sur l'incrédule humanité!

Je sens mon courage renaître
Exilé d'un monde pervers,
Et je retrempe tout mon être
Sous les brises de l'univers!

Les jours passés de la jeunesse
Ne pourront jamais revenir!
Du voile noir de la tristesse
N'en couvrons pas le souvenir!

Profitons des belles journées
Que nous donne le Créateur :
Laissons ce qui reste d'années
Voguer vers un monde meilleur !

O mer, roule à mes pieds tes ondes
J'aime leur voix et leur roulis !
Dans tes solitudes profondes
Je vois les temps ensevelis !

Mon œil aussi voit l'espérance,
J'entends partout des chants d'amour,
Et je sens que mon cœur s'élance
Dans les parfums d'un plus beau jour !

PAUVRE FLEUR

Quand je t'ai cueillie
Tout près du chemin, .
Pour toi quel destin,
O fleur si jolie !

Ta belle couleur,
Ta noble prestance,
Ont fait ta souffrance,
Ont fait ton malheur !

Au bord de la rive
Du petit ruisseau,
Je t'ouvre un tombeau,
Dans mes doigts captive !

Quel étrange sort !
Ta robe brillante
De loin éclatante
Te mène à la mort !

Si quelque feuillée
A l'abri des yeux
T'eût couverte mieux,
Qui t'eût effeuillée !

Loin des noirs autans
Et loin de la ville,
On vit plus tranquille
Et bien plus longtemps !

(Seaton.)

PETIT AGNEAU

Petit agneau, j'aime à te voir,
A peine né, lécher ta mère ;
Tu me sembles le vrai miroir
De son existence éphémère.
Tu vis aux dépens de ses jours,
Et lorsque d'herbes tu peux vivre,
On te l'enlève pour toujours,
Pour la pleurer et lui survivre.

(Seaton.)

COUCOU

Charmant oiseau, j'aime à t'entendre
Me répéter : Coucou, Coucou !
J'aime ta voix sonore et tendre
Disant au loin : Coucou, Coucou !

Je me cache sous le feuillage
Comme un satyre au fond du bois,
Pour mieux m'enivrer au ramage
De ton harmonieuse voix !

Quand la nuit vient, oh ! dis encore :
Coucou ! Coucou !
Quand la nuit fait place à l'aurore,
Oh ! redis-moi : Coucou, Coucou !

Doux messager de la nature,
De ses parfums et de ses fleurs,
En t'écoutant sous la ramure
L'amant heureux sèche ses pleurs.

Pendant qu'il gémit et soupire
Répète au loin : Coucou, Coucou!
Caresse, adoucit son martyre
En lui disant : Coucou, Coucou!

Seaton.

LE PRINTEMPS

Venez, charmantes hirondelles,
Au rendez-vous ne manquez pas,
Envolez-vous à tire d'ailes,
Le printemps renaît sous nos pas !

Soyez pour tous un bon augure,
A tous apportez le bonheur,
Cet arôme qui souvent dure
Bien moins que celui d'une fleur !

La glace enfin vient de se fondre
Sous les chauds rayons du soleil,
A nos fenêtres venez pondre,
Gazouillez à notre réveil !

Apportez-nous avec l'aurore
Des fruits, des baumes et des fleurs,
Et venez ajouter encore
Quelques beaux jours aux jours de pleurs !

Tout rajeunit, se régénère
Sous le parfum des doux zéphirs,
L'homme se courbe vers la terre
Et lui laisse ses vains désirs !

Le temps ne peut fondre la glace
Qui s'accumule sur son cœur,
Et quand le printemps vient et passe,
Pour lui, c'est sa dernière fleur !

(Seaton.)

PETIT RUISSEAU

Où cours-tu donc, petit ruisseau,
Loin de ta source murmurante?
Quelle rive entraine ton eau,
Où va-t-elle se perdre errante ?

O suspends ton rapide cours
Sous les arômes des feuillages ;
Le soleil éclaire tes jours
Sans luttes, sans bruit, sans orages.

Reste tranquille près des fleurs
Qui se balancent sur ton onde,
Et recueille en passant les pleurs
Dont l'amant malheureux t'inonde !

La brise qui descend des cieux
Se mêle à ton léger murmure,
Et leur concert harmonieux
Anime toute la nature.

Laisse ton eau pure aux oiseaux,
Aux vallons, aux bois, aux montagnes ;
Porte la vie à nos troupeaux,
Fais-les bondir dans nos campagnes !

Pourquoi précipiter ton cours ?
Je vois passer ta dernière onde
Qui va se perdre pour toujours
Dans le sein d'une mer profonde !

Petits ruisseaux, coulons nous-mêmes
Nos jours loin du souffle des grands :
Souvent aussi leurs diadèmes
Vont s'engouffrer dans les torrents !

Ancrons notre barque à la rive
Près de gazons doux et fleuris :
Qu'un vent la jette à la dérive,
Nous retrouverons ses débris.

PETITE FLEUR

Petite fleur, adieu la fête,
Je te détache du vallon,
Bientôt tu courberas la tête,
Larme tombante en mon sillon !

Tu ne verras plus tes compagnes
Sourire au soleil avec toi ;
Tu brillais de l'air des montagnes
Et tu vas expirer sur moi !

Tu ne verras plus les ombrages,
Les champs d'azur, les prés, les bois ;
Entends encor les doux ramages
Du vent, une dernière fois !

Tu n'entendras plus le murmure
Du Rhin passant fier à tes pieds;
Tu n'auras pas de sépulture
Comme tant d'êtres oubliés!

Oh ! que je regrette le crime
Que j'ai commis en te cueillant!
Si l'homme est quelquefois sublime,
Il est toujours près du néant!

VIEUX CHÊNES

Ces vieux chênes majestueux
Que j'admirais tant sur ma route,
Dont les rameaux, flottants cheveux,
Formaient une si belle voûte ;

Ils ne sont plus ! nobles vieillards
Pleins de force et de dignité ;
Ils avaient bravé les hasards,
Les temps et leur adversité !

Une main dure, impitoyable,
Sous la hache les a détruits ;
Et dans cette lutte effroyable
Tous les oiseaux se sont enfuis !

17

J'aperçois encor dans la terre
Leurs troncs profondément plongés,
Comme une larme solitaire
Sur des morts en file rangés !

J'aperçois aussi, douce image,
Le compagnon de nos malheurs,
Fidèle encore après l'orage,
Le lierre qui verse des pleurs !

Doux lierre ! quand la sépulture
Nous aura l'un et l'autre pris,
Couvre ! couvre de ta verdure
Et notre tombe et nos débris !

(Seaton.)

LES FLEURS

Que j'aimais à vous voir, ô magnifiques fleurs,
Vous mêliez vos parfums au bruit de l'harmonie,
L'arc-en-ciel soulevé par la main d'Uranie
N'avait jamais montré de plus belles couleurs !

Hier, vous exhaliez vos arômes suaves,
Ils pénétraient en nous comme un rayon des cieux ;
Mourantes aujourd'hui, vous tombez sous nos yeux
Sans force, sans parfum, languissantes et hâves.

Des filles c'est aussi l'ordinaire destin,
Le soir, nous les voyons fraîches comme les roses,
Et, fragile jouet de leurs métamorphoses,
Cette fraîcheur du soir a cessé le matin.

Ne laissez point passer les charmes de votre âge
Comme passent les fleurs qui sont à vos côtés.
Le temps altère tout, et s'ils vous sont ôtés,
Le cœur de votre choix fuira comme un mirage !

SOLITUDE

Au pied de rochers noirs et vieux,
Où l'Océan gémit et gronde,
Je n'aperçois plus rien du monde,
J'unis mon âme avec les cieux
Loin de la foule vagabonde.

J'entends les chants de doux oiseaux,
Tendres soupirs dans le silence ;
J'entends la vague qui s'élance,
Elle me parle avec ses eaux,
Frémit, s'éloigne et recommence !

Je sens le doux parfum des fleurs
Que m'apporte la douce brise ;
Dans chaque vague qui se brise
Je crois recueillir quelques pleurs,
Comme la pierre d'une église !

Aucune voix dans le désert,
Le désert pense et se recueille ;
Le frémissement de la feuille
S'épanouit comme un concert
De sons plaintifs que l'âme cueille.

Je jette un regard sur les cieux,
J'interroge au loin la nature ;
J'entends une voix qui murmure :
« Tu peux errer seul en ces lieux,
« C'est moi qui guide et qui rassure !

« Je suis ton père au firmament,

« Je le suis aussi sur la terre,

« Et de l'éclat de ma lumière

« Je tire de l'aveuglement

« La race humaine tout entière.

(Seaton.)

LE LIERRE

Que le doux parfum de mes vers
Te couvre comme l'ambroisie,
Toi qui passes les hivers,
Fidèle à ta place choisie.

J'aime à te voir, j'aime ta feuille,
J'aime ta grâce et tes contours ;
Auprès de toi je me recueille,
Je vois du temps le triste cours.

Sur tes racines desséchées,
Dans leurs innombrables replis,
Je vois des larmes attachées
Et des amants évanouis !

J'aime ta feuille toujours verte
Sourire à mes yeux en passant,
Lorsque la tombe en est couverte,
Je la respecte en gémissant !

Quand le ruisseau fuit et murmure,
Tu sembles gémir sur son sort ;
Il s'égare dans la nature,
On te retrouve après ta mort !

Tu représentes la constance
Et la tendre fidélité;
Je t'aime comme l'espérance
En la sainte immortalité !

(Seaton.)

LA MER EST CALME

La mer est calme, et pas un seul flot ne s'agite !
Le soleil y répand des montagnes de feux ;
Dans des plaines d'azur l'oiseau se précipite
    Et s'y balance heureux !

Demain tout changera ; la nature voilée
Tremblera sous les coups d'un tonnerre puissant ;
L'oiseau disparaîtra de la voûte étoilée,
    Craintif et frémissant!

Nous aussi, nous avons nos calmes, nos orages,
Nos luttes, nos erreurs dans nos enfantements ;
Nos tempêtes, nos morts et nos tristes naufrages,
    Dans nos débordements!

Quel souffle changera les destins de ce monde,
Toujours dans la douleur et toujours agité ?
Celui qui l'a créé, qui relève et féconde
Tout dans l'éternité !

(Seaton.)

NUIT PROFONDE

Nuit profonde ! la mer roule, roule ses flots...
J'entends ses longs soupirs, son inconnu langage,
    J'entends ses plaintes, les sanglots
    Qu'elle dépose sur la plage !

Ah ! nous pouvons aussi mêler à ses douleurs
Le concert incessant des peines de ce monde,
    Grossir des torrents de nos pleurs
    Les plis immenses de son onde.

Ses insensibles flots pressent des ossements
Enlevés pour jamais aux larmes de la terre ;
    Et comme des gémissements
    Frappent leur urne solitaire.

S'il fallait déposer des cyprès et des croix
Sur tous les morts formant ses vastes catacombes,
    Sur eux tomberaient à la fois
    Toutes les larmes de nos tombes.

Aimons-nous donc, mortels, avant que de mourir ;
Qu'un souffle pur emporte et nos maux et nos haines ;
    Que nul tyran, que nul martyr
    Ne puisse ici montrer des chaînes.

Le jour, un beau soleil nous donne ses rayons,
La nuit fait scintiller ses brillantes étoiles,
    Le blé mûrit dans nos sillons
    Quand sur nous elle étend ses voiles !

De nos jours passagers jouissons ici-bas,
Tous nos trains de départ sont à grande vitesse ;
    Que la mort ne nous prenne pas
    Dans le cercueil de la tristesse.

ÉPAVES

La mer porte à mes pieds des débris de naufrage ;
D'où viennent-ils flottants, ignorés, inconnus ?
Nul ne pourra le dire ; ils montrent au rivage
    Qu'ils ont été, qu'ils ne sont plus !

Partout nous rencontrons des épaves humaines,
Débris de la grandeur et de la vanité,
Que roulent sous nos yeux les vagues incertaines
    De l'instable prospérité.

NAUFRAGE

J'ai vu couler au fond des flots,
Hélas! une frêle nacelle :
Le vent soufflait; les matelots
Ont disparu tous avec elle :
    En un clin d'œil
La mer leur ouvrait un cercueil !
La foule s'élança sur le bord du rivage,
Mais ne put ramener aucun d'eux sur la plage!

    Que de cris
    J'entendis!
Une mère surtout redemandait son fils !

Comme si rien n'était, la mer roula ses ondes
Et tint ferme ses morts en ses serres profondes.

De nos jours incertains, de leur fragilité,

Je revois un exemple en ce triste naufrage ;

    La main de la fatalité

Nous saisit en tous lieux, en tout temps, à tout âge !

Les hommes tous les jours s'assassinent entre eux :

Mourir au sein des mers est encor moins affreux !

                    (Seaton.)

OCÉAN

Assis devant la mer immense,
Je vois rouler ses vastes flots ;
Elle se brise et recommence
Le concert de ses longs sanglots !

Je vois ses lames écumeuses,
Sur elles des champs de rubis,
Et les étoiles amoureuses
Scintiller sur les flots surpris !

Que tes œuvres sont magnifiques,
Grand Créateur de l'univers,
Chantez-le de vos voix magiques,
Bardes, à lui vos plus beaux vers.

18*

Dieu nous a tout donné dans sa toute-puissance ;
Des yeux pour admirer ses sublimes grandeurs,
Le sentiment, l'amour et sa divine essence,
Qui renouvelle en nous et la joie et les pleurs !

Il nous a fait pareils à sa céleste image ;
Nous régnons sur le monde et son immensité,
Et nous le traversons plus prompts que le nuage
        Dans l'espace agité.

Dieu nous a tout donné, parole, cœur, génie,
De ses fruits renaissants il inonde nos pas,
Et son souffle divin protége notre vie
        De la vie au trépas !

Pourquoi faut-il, hélas ! que la courte existence
Soit le triste jouet de nos propres erreurs,
Et qu'elle soit ravie encore dans l'enfance,
        Dans les maux et les pleurs !

Emporte avec les flots les luttes de ce monde,

O mer, noble reflet de l'immortalité,

Et fais sentir en nous, sur ta source profonde,

  Notre fragilité !

———

N

Que je contemple encor les beautés de ce monde,
Ce ciel, sublime mer de rubis et d'azur,
Cet Océan qui gronde et torture son onde
Ou que la brise endort.d'un souffle calme et pur !

Je vois partout de Dieu le sceptre et la puissance,
L'étoile qui rayonne et qui parle des cieux,
Le soleil toujours grand dans sa carrière immense,
Ne sont de l'univers qu'un atome à ses yeux

Oh ! que pour moi, grand Dieu, vous êtes magnifique !
Partout je vous retrouve en faisant mon chemin,
Inspirez à mes vers quelque chant poétique
Pour louer votre nom en ce jour et demain !

Vos grandeurs sont pour nous un sublime mystère,
L'oiseau qui fait son nid et chante dans les bois,
L'insecte intelligent que nous foulons à terre,
Et le torrent qui parle avec ses mille voix.

Ces gracieuses fleurs, richesses de la route,
Ces épaisses forêts qui leur servent d'abris,
Les fleuves sur ces fleurs formés de quelque goutte
Pour l'insecte et pour l'homme ont leur céleste prix.

Qui nous révélera la secrète harmonie
Des mondes enchaînés à ce vaste univers ?
De leur sublime auteur j'admire le génie
Et n'ai pour l'encenser que mon âme et mes vers.

Quand mon corps dormira sous la pierre glacée,
Nature ! sur ses bords fais pousser une fleur,
Parmi tous tes trésors choisis une pensée
Pour que de mon tombeau je l'offre au Créateur.

                                        (Seston)

Fuyez loin des cités, ô natures souffrantes,
Allez près de la mer ressaisir la vigueur ;
Le souffle bienfaisant des brises renaissantes
    Vous rendra le bonheur !

Fuyez le noir contact des disputes humaines,
Vent malsain qui détruit la vie et ses ressorts,
Et qui dans leurs tombeaux, tout meurtris de leurs
    Précipite nos corps !   [chaînes]

Le spectacle divin de la belle nature,
Son horizon d'azur se jouant sur les flots,
Donneront à votre âme une autre nourriture,
    Séve des matelots !

Levez vos yeux au ciel, priez l'Etre suprême,
Vous vous inonderez de toutes ses grandeurs,
Et sa force, sur vous descendant d'elle-même,
    Séchera tous vos pleurs !

Les rochers, les vallons, les bois et leur silence
Imprimeront sur vous leur calme dignité
Et porteront en vous la muette éloquence
    De la divinité!

Moi-même, fatigué du roulis de ce monde,
Au bord de l'Océan je compose ces vers
Et je les offre en paix, comme une limpide onde,
    Au Dieu de l'univers!

                            (Seaton).

OCÉAN

Vieil Océan, salut ! j'entends tes longs soupirs
Qui sortent nuit et jour de tes ondes roulantes ;
Portes-tu les échos des morts ou des martyrs
Que tu tiens enchaînés dans les tombes béantes ?

Quelle est ta mission ? ton âge ? quelle main
De ton flux et reflux a fixé la limite ?
Tu recèles les pleurs de tout le genre humain
Et tu le vois passer comme une ombre, une mite !

Tout s'use sur la terre et nos pas chancelants
Pressent de tous côtés des ruines sans vie ;
Elles parlent au cœur, flots sans cesse mourants,
Unissant à la mer leur plaintive harmonie !

Toi seul braves le temps et son éternité ;
Devant toi prosternés, tu vois passer les âges,
Et tu n'es qu'un reflet de la divinité
Qui te retient captif sur tes mille rivages !

Qu'il fut grand, qu'il fut beau, le jour qui te créa ;
Que l'homme fut surpris en te voyant paraître,
Et lorsque sur tes flots le soleil se montra
Dans ton sein frémissant tu sentis le grand Être !

Fais parler à mes pieds tes flots majestueux,
Leur langage muet fait palpiter mon âme,
Et comme d'un foyer où brillent mille feux
Je me sens entouré des torrents de leur flamme !

Je porte mes soupirs au Dieu de l'univers,
Au Dieu qui t'a créé, qui m'a créé moi-même :
Vers son trône éternel unissons nos concerts,
Pour chanter la grandeur de sa gloire suprême.

19

Que les monts élevés qu'il jeta sur tes bords
Soient pour nous les autels d'où partent nos prières,
Et quand nous entendons tes soupirs solitaires,
Allons mêler nos pleurs aux soupirs de tes morts!

Scaton.

ESPÉRANCE

Descendez dans nos cœurs, fugitive espérance,
Comme un rayon du ciel, illuminez nos yeux ;
Nous sentons trop souvent la sombre défaillance
    Nous cacher la route des cieux !

OCÉAN.

Pourquoi m'apportes-tu tes vagues gémissantes?
Sur tes rives pourquoi fais-tu donc tant de bruit?
Je t'entends tout le jour; tu m'éveilles la nuit,
Tes plaintes dans les cieux s'élèvent incessantes!

Portes-tu les soupirs de ceux que j'ai perdus
Et qu'ont ensevelis tes flots dans leurs abîmes,
Je les retrouverais l'un l'autre confondus,
Et j'irais sur tes bords recueillir tes victimes!

Ce n'est pas à ton or que s'adresse mon cœur,
A ton immensité sans regret je le livre;
Le Dieu qui m'a créé t'a donné la grandeur
Et ne me fait aimer que ce qu'il a fait vivre!

Mortel, je peux jouir des splendides horreurs
Que tes déchirements déroulent à ma vue,
Mais mon âme appartient aux sublimes hauteurs
Du souffle grand et pur dont elle est descendue !

Gigantesque reflet du Dieu de l'univers,
Océan, à tes pieds je m'arrête et m'incline;
Mais à Dieu qui t'a fait et m'inspire ces vers
Je les fais remonter, seule source divine.

Seston.

OCÉAN

En descendant dans tes abîmes,
Que de soupirs, d'impuissants cris !
Océan, compte tes victimes,
Et fais flotter tous leurs débris !

Je t'écoute mugir sans cesse,
Tes vagues sont de longs sanglots ;
Le désespoir, la mort traîtresse
Semblent se battre sur tes flots !

J'aime tes vagues grandioses
Qui s'élèvent en gémissant ;
Les fondements où tu reposes
Sont des lits de pleurs et de sang !

Dans tes luttes avec toi-même,
Tu roules de vastes horreurs;
Mais j'admire la main suprême·
Qui t'a donné tant de grandeurs!

Mortel, et faible créature,
L'homme brave hardiment tes eaux,
Il t'arrache la nourriture
Qu'il va chercher sur tes tombeaux !

Mais dans sa course passagère
Oubliant sa fragilité,
Du fond de sa barque légère
Tu sens son immortalité !

Seaton.

FEUILLE ERRANTE

Pauvre feuille de la colline,
Le vent t'emporte en son roulis ;
Où vas-tu, terrestre ruine
De beaux printemps ensevelis ?

Sèche, sans force, jaunissante,
Tu vas où te mène ton sort ;
La mer s'élève mugissante,
Et tu roules devant son bord !

A quelque rocher solitaire
Vas-tu demander un cercueil,
Et de ton passage sur terre
Lui dire de porter le deuil ?

De toi sans laisser une trace,
Tu vas t'élancer sur les flots,
Et sur la mer où tout s'efface,
T'abandonner aux matelots !

Plus d'un amant sous son ombrage
Avoit exhalé ses désirs ;
Une tempête, un vent d'orage
Emportent feuille, amant, soupirs.

Seat n.

LES FLEURS

J'aime à vous voir, charmantes fleurs,
Dans les vallons, dans les campagnes ;
De vos parfums, de vos couleurs
Vous couvrez toutes les montagnes.

J'aime à vous voir près des ruisseaux
Vous inclinant sur leurs murmures,
Lorsque scintillent sur leurs eaux
Les mille éclats de vos parures !

Sur les rochers j'aime à vous voir
Au pied des sentiers solitaires,
Quand j'abandonne mon espoir
Au souffle de vagues mystères !

Quelle grâce, quels coloris
Sur vous a jetés la nature !
Le ciel dans chacun de vos plis
Reflète toute sa peinture !

Regrets, souvenirs, sentiment,
Doux emblèmes de la constance,
Par vous s'expriment le serment
Et la fugitive espérance !

Passagères comme nos jours
Et du bonheur frêles images,
Sur nos tombeaux, croissez toujours
Quand nous emportent les orages.

FEUILLE DE BRUYÈRE

Bruyère, en passant sur ta route,
Dans le vieux tronc d'un vieil ormeau,
Image d'une vieille voûte,
Je te trouvai près d'un ruisseau :

Là, tu vivais dans le silence,
A l'abri du froid et du vent,
Je te détache et je te lance
Dans les eaux d'un petit torrent!

Je te vois tourner sur toi-même,
Tu sembles gémir sur ton sort,
Et me sens devenir tout blême
En te voyant fuir loin du bord'

Je déplorai la destinée
Que le hasard te préparait :
Oh ! savons-nous la matinée
Quel sera le soir notre arrêt !

N

Nous ne vieillissons pas, et toujours dans notre âme
Nous sentons s'agiter une nouvelle flamme!
Des regrets quelquefois viennent nous assombrir,
Mais un regard au ciel empêche de mourir!

M

Tout est grandeur, tout est mystère
Et dans les cieux et sur la terre !
Dans ce que nous ne voyons pas,
Dans la vie après le trépas !

REGRETS

Ah ! pourquoi regretter un passé qui n'est plus ?
Pourquoi de notre vie abréger la durée
Par des plaintes sans fin, des regrets superflus,
    Une douleur immesurée ?

Nous ne pouvons du temps interrompre le cours,
Fleuve immense, inconnu, qui n'a point de rivage,
Où viennent s'engloutir les siècles et les jours,
    Sables mobiles sur la plage !

La nature le veut; laissons tomber nos pleurs
Sur les êtres chéris qu'elle montre et moissonne,
Comme ces verts épis, comme ces tendres fleurs
    Que notre deuil change en couronne.

Dans chacun de nos pas nous foulons des débris
D'êtres qui ne sont plus, de mondes qui vécurent :
Nos neveux, à leur tour, consternés et surpris,
   Pleureront les morts qu'ils connurent !

Avant nous, après nous ! joie, amères douleurs,
Félicités d'un jour, infortunes, souffrances,
Ou jouets malheureux de nos propres erreurs
   Ou de nos fausses espérances.

Tel fut et tel sera, sous le temps ravageur,
Poussière, onde agitée, ombre toujours mobile,
Nous nous couchons le soir et comme un voyageur
   Nous quittons le matin la ville.

Puisqu'un jour comme un son qui se perd dans les cieux,
Notre âme ira gagner sa céleste demeure,
Dans les plus doux parfums d'accords harmonieux
   Passons ici la dernière heure !

SOMMEIL.

Je t'aime, doux sommeil! j'aime à jeter mon être
Dans ta douce vapeur que je ne puis connaître;
Invisible élément que Dieu nous a donné,
Que nous portons en nous comme le premier né,
Qu'on ne pourra soumettre à la froide analyse
Comme un tissu fibreux que le scalpel divise;
Ame du corps, je t'aime! exil, repos, bonheur,
Abandon d'un combat sans cesse destructeur,
Je trouve dans tes bras une nouvelle vie
Dans les luttes du jour incessamment ravie,

Je me rapproche en toi de l'immortalité
Et quitte le linceul de ma fragilité !
Oh ! quand tu me prendras, éloigne tous les songes
Et laisse-moi longtemps au ciel où tu me plonges !

Seiton.

JEUNES FILLES

N'attendez pas, ô jeunes filles,
Que vos charmes soient éclipsés !
Le temps rapide a des faucilles,
Les beaux jours sont vite passés !

Profitez de votre jeunesse,
Enchaînez vite votre cœur ;
Toujours dans sa course traîtresse,
Le temps enlève quelque fleur !

Ne soyez pas comme les roses
Que vous portez à votre main,
Fraîches le soir, à peine écloses,
Leurs feuilles tomberont demain !

Vos yeux sont des rayons de flamme,
Lancez quelque regard touchant,
Et qu'il parvienne jusqu'à l'âme
Avant qu'il soit soleil couchant.

Scaton

Nous sommes ici-bas le jouet des tempêtes,
Et l'éternel jouet de l'éternel destin ;
Il nous donne la nuit les plaisirs et les fêtes
Et le deuil, le matin.

REGRETS

Ne portons pas le deuil d'un passé qui n'est plus
Et qui, flot exilé, ne verra plus la rive ;
Longs soupirs, amers fruits de regrets superflus
    S'exhalant de l'âme plaintive !

Le passé qui s'étend de la vie à la mort
Est l'arbre aux noirs rameaux de la frêle existence,
Le soleil, ou la brise, ou bien le vent du nord
    Ou le féconde, ou le balance!

C'est l'urne où sont tombés nos peines et nos pleurs,
Les premiers souvenirs des rêves de la vie,
Et qui laissent souvent la chaîne des douleurs
    Sur la félicité ravie !

Quand le lierre constant se fixe encor sur nous,
Qu'il couvre les sillons des feuilles détachées,
Cachons dans les secrets de ses rameaux si doux
    Les larmes qui les auront séchées !

Sous nos pieds nous foulons, passagers voyageurs,
Des soupirs exhalés, des ruines de l'âme,
Et sur chaque tombeau, réceptacle de pleurs,
    S'agite encore quelque flamme !

Partout des souvenirs parlent autour nous ;
La feuille qui s'agite et l'onde qui murmure,
Et l'oiseau qui redit ses chants tendres et doux
    Sont les plaintes de la nature !

Ah ! ne murmurons pas contre notre destin,
Nous vivons ; et nos pieds foulent encor la terre,
Toujours prête à saisir le soir ou le matin
    Notre dépouille au cimetière.

Quand des mondes entiers dorment dans le cercueil,
Nous vivons; nous planons sur la nature immense;
Fantômes insensés, ne couvrons pas de deuil
    Ce qui nous reste d'existence !

Jouissons des beaux jours que nous donne le ciel,
Aux bonheurs de la vie abandonnons sa flamme,
Et qu'elle puise encor des flots d'or et de miel
    Quand la mort brisera sa trame.

Secon.

M

Que de vanités sur la terre
Déshonorent le genre humain,
Qui comme une ombre délétère
Sous nos yeux passeront demain

※

Comme vous, tendres fleurs, nous devons tous mourir,
Laissant tous ici-bas un souvenir d'une heure ;
Mais nos corps n'auront plus de douleurs à souffrir,
Quand nos âmes seront dans la pure demeure !

LE VERROU

J'ai vu trembler bien des despotes,
J'ai vu gémir bien des tyrans;
J'ai vu passer bien des capotes
Sur le dos de vieux vétérans.

Dans les cachots, dans les tourelles,
Que de larmes j'ai vu couler;
Et que de fois les sentinelles,
La nuit, m'ont entendu rouler!

J'ai vu des rois, j'ai vu des reines
Jeter sur moi leurs yeux en pleurs,
Et prendre les mains souveraines
De geôliers froids à leurs douleurs!

J'ai puni l'assassin, les crimes,
Bravant les nuits, le froid, le chaud ;
J'ai fait évader des victimes
Qu'on destinait à l'échafaud !

Je suis fidèle, et quand je garde
Ou des cheveux ou des secrets,
Je sais toujours me mettre en garde
Contre les regards indiscrets.

Dans le boudoir, dans la chaumière,
J'ai quelquefois servi des cœurs,
Et lorsque venait la lumière
J'ai fait aussi verser des pleurs !

L'ÉCHELLE

Quels services ne rends-tu pas,
Charmante Echelle du village,
Sur les épaules de Colas
Quand il t'étend sur le treillage !

Tu recueilles le plus beau fruit,
Les raisins et les douces pêches,
Et lorsque l'oiseau les détruit,
De les cacher tu te dépêches !

Quand la flamme attaque nos murs,
Et comme un serpent les déchire,
Dans tes bras étendus, mais sûrs,
Elle s'affaisse et puis expire.

Tu viens offrir au prisonnier
Lorsque sa main brise sa chaîne,
Les douceurs de l'air printanier,
Les eaux, les fleurs et le vieux chêne.

C'est encor moi, reprend l'Echelle,
Qui m'élève contre la tour
Et qui dompte tout cœur rebelle,
Sous le doux chant du troubadour !

J'assiste à toutes les batailles,
Et lorsque tonne le canon,
Je m'élance sur les murailles,
Je monte et ne dis jamais non !

Il est une échelle céleste
Qui d'ici touche à l'Eternel,
Pour y monter, point de pied leste,
Mais un cœur pur comme le miel.

TU PARS

Tu pars ! mais je te suis du vol de ma pensée !
Mon âme ne connaît ni prisons, ni les fers ;
Elle s'attache à toi telle que la rosée
Qui sèche sur les fleurs au souffle des hivers !

Mon âme pour te voir traversera le monde
Plus vite qu'un rayon qui s'élance des cieux,
·Et te retrouvera, la nuit la plus profonde,
A l'éclat jaillissant d'un regard de tes yeux !

SANS REPROCHE ET SANS PEUR

Sans reproche et sans peur, marchons avec courage
Ceinture autour du corps et bâton à la main :
Lorsque le vent mugit, tenons tête à l'orage,
    Il fera beau demain !

Tel est le sort de l'homme, et ce sort est antique,
De manger son pain dur arrosé de ses pleurs :
Il ne peut arrêter qu'avec un cœur stoïque
    Le flot de ses douleurs !

Notre cœur bat la charge; en avant sans rien craindre,
Marchons, puisqu'il le faut, sur les cailloux tranchants :
Traversons le désert, les pieds nus, sans nous plaindre.
    Au bout, les fleurs, les champs !

Au bout, nous trouverons une eau pure et courante,

L'oiseau chantant de Dieu l'éternelle grandeur,

Et nous ranimerons notre force mourante

Aux pieds du Créateur!

55

Point de gémissements sur ce qui nous arrive
De mal, feuillet tombé du livre du destin !
Nous trouvons le bonheur ou les maux sur la rive
Quand le soleil se couche ou quand vient le matin !

Un cœur mâle résiste aux coups de l'infortune,
Comme le matelot aux lames de la mer,
Et ne prend nul souci de la fosse commune,
D'une coupe de miel ou d'un breuvage amer !

23

Nous ne sommes ici que vivante poussière,
Conduite par la vanité,
C'est elle qui nous ouvre à notre heure dernière
Les portes de l'éternité!

LE NOIR

Dieu nous a tous créés à sa vivante image,
Le sang qui coule en vous est le même qu'en moi ;
Mais il n'a réservé son divin héritage
  Qu'à la divine foi !

— •• —

VALLÉE DE MONTMORENCY

Voici le sentier solitaire
Où nous avons passé tous deux,
Voici le chêne séculaire
Où nous nous trouvions si heureux !

Voici la charmante montagne
Que nous gravissions tous les jours
Tu n'es plus là, chère compagne,
Douce onde arrêtée en ton cours !

Voici la fertile vallée
Où nous prenions tant de raisin,
Que nous mangions sous la feuillée
Pour mieux cacher notre larcin !

Nous bravions le garde champêtre,
Armés de nos petits ciseaux ;
Faisant semblant de nous connaître,
Nous ôtions tous deux nos chapeaux.

Ces temps heureux ont passé vite,
Hélas ! pour ne plus revenir !
O bonheur ! toujours à ta suite
Un deuil pour un doux souvenir !

Tu n'ôteras pas de mon âme
Le sentiment qui brûle en moi ;
Je l'ai reçu comme une flamme
Qui s'agite encore après toi.

Jours de bonheur et d'espérance,
Naissez encor pour d'autres cœurs ;
La vie est une ombre qui danse
Et dans la joie et dans les pleurs !

PASSÉ

On ne retourne pas sans crainte ni tristesse
Aux lieux où le bonheur nous souriait sans cesse,
Où dans chaque sentier on cueillait une fleur,
Doux charme de l'espoir, douce chaîne du cœur!

On cherche autour de soi, de près, ou dans l'espace,
Le bonheur envolé n'a pas laissé de trace!
Du fond de l'âme alors s'élève un long soupir,
Le même qui s'exhale au moment de mourir!

On ne retrouve rien, pas même l'espérance!
On sent couler ses pleurs devant un gouffre immense:
Voilà le cimetière, et sur chaque cercueil
Tombent nos souvenirs de bonheur et de deuil!

Swanscombe (Kent).

☒

Oh ! que d'évènements ont agité la terre !
Oh ! que d'émotions ont agité mon cœur !
   Tout est ici cendre légère,
   Doux souvenirs, regrets, douleur !

—

UNE MINUTE

Ne vous éloignez pas ; une minute encore !
Laissez-moi me nourrir de votre douce voix;
Laissez-moi contempler ce que mon âme adore,
Etre éloigné de vous, c'est mourir mille fois!

FORGET ME NOT

Le flot m'entraîne, adieu ! la force m'abandonne...
Ah ! prenez cette fleur, mon âme vous la donne !
Approchez votre main, je touche le trépas...
Gardez bien cette fleur et ne m'oubliez pas !

REGARD

Je me rappelle encor ce jour bien loin de moi
Où je sentis mon cœur soulever ma poitrine :
Sur une jeune femme au regard plein de foi,
Mes yeux s'étaient portés au pied d'une colline.

Pour la première fois alors battait mon cœur,
Embrasé par le feu d'une seule étincelle !
Oh ! je ressens encor le regret du bonheur ;
Le lendemain, le temps m'avait séparé d'elle !

15 janvier 1870.

CHEMIN

Souvent nous rencontrons, pour ne plus les revoir,
Des êtres destinés à laisser dans notre âme
Des soupirs, des regrets, un profond désespoir
Et le feu dévorant d'une incessante flamme.

Et d'où viennent-ils donc ces êtres inconnus
Qui troublent si longtemps notre frêle existence ?
Ils nous viennent des cieux et quand ils sont venus,
Nous voulons nous unir à leur divine essence !

16 Janvier 1870.

SON NOM

Quand les flots de la mer s'éloignaient du rivage
Et laissaient devant moi ses sables argentés,
     Rêveur, et triste sur la plage,
Je foulais vaguement ses bords infréquentés.

Seul, mille souvenirs faisaient battre mon âme
Devant cet océan grossi de tant de pleurs :
     Sur les flots s'égarait la flamme
Qu'avait fait naître en moi le plus aimé des cœurs !

J'écrivis son doux nom sur le sable immobile !
Je regardai longtemps ce nom sacré, chéri :
     La vague l'effaça, tranquille,
Et mon cœur consterné ne put jeter qu'un cri !

                              20 janvier 1870.

A GENOUX

Dieu m'a donné la vie et je viens dans mes vers
Célébrer les beautés de son vaste univers,
Me jeter à genoux devant ses harmonies
Et saluer l'auteur des sphères infinies !

Je viens, couvert des feux de toute sa grandeur,
Saluer de son nom la gloire et la splendeur,
Enivré des parfums de sa toute-puissance,
Lui porter les accents de ma reconnaissance.

Magnifiques rayons des sublimes soleils
Qui des mondes sans fin éclairez les réveils,
Emportez avec vous dans l'océan des âges
De l'homme pour son Dieu les éternels hommages !

Que tout ce qu'il créa, que tout ce qui respire,
Reconnaissent partout sa force et son empire;
Abaisse-toi partout, superbe humanité
Et va revivre encor dans son éternité!

Alors tu sortiras de tes erreurs profondes,
Tu verras à tes pieds s'agiter d'autres mondes,
Et bénissant la main qui t'a donné le jour,
Tu viendras la baigner des flots de ton amour!

22 Janvier 1870.

SOUVENIR

Nous avons tous un souvenir
Qui vit dans le fond de notre âme,
Et que rien ne peut retenir,
Quand il surgit comme une flamme!

Je pense à celle que j'aimais,
Et qu'en silence j'aime encore;
Etre chéri, tu me charmais
Comme une perle de l'aurore!

J'aimais ta grâce et ta vertu,
Ton sourire aimable et si tendre;
Maintenant, cher ange abattu,
Ta beauté n'est plus qu'une cendre!

23

Tu n'es plus! je t'aime toujours,
Et de ce monde détachée,
Tu parfumes encor mes jours
Comme une rose desséchée !

21 février 1870.

DANS LES CHAMPS DE L'AMOUR

Nous laissons quelquefois assombrir nos esprits
Quand nous comptons les jours descendus dans la tombe,
Mais puisque tôt ou tard il faut que tout succombe,
Parfumons ceux au moins que la mort n'a pas pris!

Bientôt nous ne serons que vieillards ou poussière,
Et les jeunes passants riront de nos cheveux;
Nos désirs ne seront que de stériles vœux,
Vains échos impuissants d'un reste de lumière!

Cueillons vite nos fleurs dans les champs de l'amour,
Au pied de son autel consumons l'existence,
Avant que le trépas qui s'approche en silence
Au milieu de ses morts nous jette sans retour!

MYSTÈRE

Nous sommes destinés à tomber en poussière ;
  Mais quels magnifiques ressorts
  Meuvent la fragile matière
  De notre périssable corps !

Ah ! si nous connaissions la secrète harmonie
  Qui règle notre mouvement,
  Nous serions le divin génie
  Qui créa tout au firmament !

Mille éternelles lois conduisent nos organes
  Comme les astres dans leur cours ;
  Et dans leurs sublimes arcanes
  S'useront nos nuits et nos jours !

Pendant que nous doutons, Dieu gouverne le monde,
Et dans notre sphère d'erreurs,
Cet éternel Dieu nous inonde
De ses renaissantes faveurs !

Lorsque nous blasphémons, les épis reparaissent,
Le ciel nous apporte ses fleurs,
Les troupeaux sur les herbes paissent,
Les oiseaux chantent leurs bonheurs !

Déposons notre orgueil devant l'Etre sublime
Qui nous couvre de son soleil
Sans attendre de nous la dîme
D'un regard à notre réveil !

26 février 1870.

VERS VOUS

Je me laisse entraîner au courant de mon âme
Et toujours ce courant me ramène vers vous,
Je me sens pénétré de la céleste flamme
    Qui sort de vos regards si doux !

Vos regards sont pour moi la rose et l'ambroisie,
Leurs suaves parfums enveloppent mon cœur;
Dans son égarement, ce cœur vous a choisie
    Et vous faites tout son malheur !

Ah! c'est le dur destin d'une âme vraiment tendre
De sentir de l'amour les traits empoisonnés,
Quand l'amant sans amour a le bonheur de prendre
    Les plus doux fruits non moissonnés.

                      24 mars 1870.

LA ROSE

Cette rose a pour garde une feuille, une épine,
Elle résiste aux coups du soleil et du vent :
Vous avez pour garder votre beauté divine,
Mes yeux sur vous, hélas! enchaînés trop souvent.

9 avril 1870.

LA VIE

Notre vie est semblable à ce jet d'eau qui tombe,
Mille fois divisé dans le fond d'un bassin ;
Nous nous réunissons dans le fond de la tombe,
Séparés mille fois pour rentrer dans son sein.

9 avril 1870.

DIEU NOUS VENGE

Sur le chemin rugueux de notre frêle vie,
Nous trouvons trop souvent le calomniateur,
Qui distille sur nous le poison de l'envie,
Et nous plonge au besoin le poignard dans le cœur !

Mais il faut mépriser la lâche médisance,
Dieu nous venge toujours des ennemis pervers ;
Son bras juste et puissant protège l'innocence
Et réserve aux méchants les peines des enfers !

L'œil de Dieu, c'est la foudre au milieu des ténèbres,
Il aperçoit partout le bras de l'assassin :
Il venge dans les fers les victimes célèbres,
Et l'humble qu'on écrase a pour tombeau son sein.

Sous son souffle éternel les vains complots des hommes,
Globules de vapeur, se perdent dans les airs,
Et quand cela lui plaît, à tous tant que nous sommes,
Il montre qu'il est bien le Roi de l'univers.

Dans nos jours d'infortune invoquons sa puissance,
Il nous délivrera de tous nos ennemis;
Il anéantira leur stérile impuissance
Et les fera tomber confondus et soumis !

17 avril 1870.

PETIT OISEAU...

Heureux petit oiseau, charme encor mon oreille,
J'aime tes chants plaintifs sous la feuille des bois :
Au bruit de tes accents mon âme se réveille
    Une dernière fois !

Dans ton cœur amoureux voltige l'allégresse;
Pour toi le ciel est pur et toujours étoilé;
Déchire le bandeau de deuil et de tristesse
    De mon regard voilé !

Fais-moi goûter en paix le bonheur que tu goûtes
Au milieu des parfums, des brises et des fleurs;
Des souffrances d'ici tu ne bois que les gouttes,
    Je vois partout des pleurs !

L'homme gémit partout, telle est sa destinée ;
Il remplit l'univers du bruit de ses désirs,
Et rêvant, il finit sa dernière journée
Au milieu des soupirs !

23 avr.l 1870.

CORBILLARD

J'ai touché trop longtemps au tourbillon du monde,
J'ai vu s'évanouir ses stériles grandeurs,
Comme dans l'océan d'une zone profonde
    Se perdent les vapeurs !

J'ai vu le corbillard des puissants de la terre
Emporter tour à tour toutes leurs vanités,
Et montrer au passant la splendeur éphémère
    De leurs inanités !

J'ai vu tomber un trône antique et vénérable
Et mourir dans l'exil leurs rejetons royaux,
Fatale destinée, arrêt impénétrable,
    Qui cause tous nos maux !

J'ai vu les factions déchirer la patrie
Et le sabre brutal tuer la liberté;
Protége, Dieu puissant, notre France chérie'
 Et son cœur indompté !

J'ai vu mourir aussi mes compagnons d'enfance,
Mes maîtres, mes amis, tout ce que j'adorais;
Dans un monde nouveau je sens que je m'élance,
 Tout couvert de cyprès!

Laisse-moi voir encor tes œuvres magnifiques,
Nature ! fais vibrer ta solennelle voix !
Soleil ! inonde-moi de tes rayons magiques,
 Une dernière fois !

Oh ! permets que ma muse, animant mon génie,
Aux pieds du Créateur dépose ses accents,
Qu'elle y fasse monter sa stérile harmonie,
 Comme y monte l'encens !

Alors je laisserai ma dépouille à la terre,

Sans regrets du passé, sans remords, sans douleur,

Heureux si je reçois la larme solitaire

Do quelque voyageur.

27 avril 1870.

PAULINE

Pauline, qu'ai-je fait de la mousseuse rose
Qu'un jour près d'un bosquet je reçus de ta main?
Je l'ai perdue, hélas ! comme on perd toute chose
    En faisant son chemin !

Où donc est le rosier? où donc es-tu toi-même?
Je ne vous verrai plus, je le sens à mes pleurs !
L'herbe tous deux vous couvre et couvrira de même
    D'autres mains, d'autres fleurs !

                             23 avril 1870.

LE BONHEUR

Le bonheur est semblable au mobile nuage
    Que l'on voit passer dans les cieux !
On ne peut le saisir, c'est une ombre, un mirage
    Qui caresse un moment nos yeux !

C'est une fleur qui donne un passager arôme
    Qui va se perdre dans les sens ;
Il rôde autour de nous comme rôde un fantôme,
    On disparaît comme l'encens !

On ne peut le fixer, pas plus que d'une fille
    On ne fixe le doux regard :
C'est un épi qui veut de suite une faucille,
    Une heure après, il est trop tard !

2 mai 1870.

A UNE INCONNUE

Je passais : nos regards plongèrent l'un dans l'autre,
Le feu de son regard alla toucher mon cœur
Plus vite que le feu qui s'élance du ciel !
Elle sentit aussi le feu de mon regard.

Elle suit son chemin... je retournai la tête ;
Mais cet ange envolé ne se retourna pas!
Je ne te verrai plus dans ce monde, peut-être ;
J'aimerais beaucoup mieux ne l'avoir jamais vu.

11 mai 1870

.

TRAVAILLONS! TRAVAILLONS!

.

Travaillons! travaillons! de notre corps mortel
    Laissons tomber quelques pensées :
Lorsque nous dormirons du sommeil éternel
Les traces de nos pas seront vite effacées !

Qui garde un souvenir des tyrans ravageurs
    Qui de sang couvrirent la terre?
Ils n'ont pas empêché le pied des voyageurs
De fouler mille fois leur trône héréditaire !

Où se trouve aujourd'hui la cendre des Césars,
    Le vent l'agite dans l'espace;
Leurs bataillons sont morts ainsi que leur Dieu Mars,
La mort a reculé devant Virgile, Horace.

Tout périt ici-bas! le temps entraîne tou
  Dans son abîme, mobile onde :
Rien n'en sort : dans son cours il ne laisse debout
Que de la vérité la lumière féconde.

Les œuvres du génie ont leur éternité,
  C'est Dieu lui-même impérissable!
Elles bravent du temps l'océan agité,
Comme contre les flots lutte le grain de sable !

Montrons à l'avenir que nous avons vécu,
  Laissons quelques rayons de flamme;
Quand l'esprit monte au ciel le corps seul est vaincu,
La pierre du tombeau ne couvre pas notre âme !

16 mai 1870.

L'ÉPOUSE AU TOMBEAU

Pourquoi m'apportes-tu des fleurs?
Laisse-moi dormir sous ma pierre,
Ne la mouille pas de tes pleurs,
Ne fais pas ici de prière !

Tu fus cruel quand je vivais,
Tu fus un époux insensible;
Je ne suis plus! si tu m'avais,
Rendrais-tu mon lit plus paisible !

M'as-tu jamais porté des fleurs
Pendant tout le cours de ma vie?
Tu m'accablais de tes rigueurs,
Ton âme en fut-elle assouvie !

Va, porte ailleurs tes vains soupirs,
Et laisse la paix à ma cendre !
Le ciel adoucit mes martyrs
Sous les brises qu'il fait descendre.

J'entends les doux chants de l'oiseau ;
L'aurore m'apporte ses larmes,
Et dans le fond de mon tombeau
Je suis heureuse et sans alarmes !

16 juin 1870.

A NOS SOLDATS

Soldats tombés loin de votre patrie,
Près des rochers, des torrents, des ruisseaux,
Consolez-vous ! un ange toujours prie
Lorsque vos corps sont cachés sans tombeaux !

Dans votre exil vous recevez les larmes
De vos parents pour vous agenouillés :
Ils ont sur eux vos portraits et vos armes,
Et de leurs pleurs ils sont toujours mouillés !

Consolez-vous au fond de votre tombe,
Soldats couchés la balle dans le cœur ;
Jamais, jamais le héros ne succombe
Lorsque la mort l'enlève au champ d'honneur !

Vous entendez le ruisseau qui murmure,
Et les oiseaux gémissant leurs amours;
Ah! c'est pour vous, la plaintive nature
Qui, pour nous tous, vous pleure tous les jours.

LE JEUNE SOLDAT

Je vais rejoindre mon drapeau,
J'entends le tambour qui m'appelle;
La France souffre; oh! qu'il est beau
Le jour où l'on combat pour elle!

D'un ennemi vil et pervers
Je vais affronter la mitraille,
Plutôt que de porter ses fers
Mourons sur le champ de bataille!

Je vais combattre les Germains,
Au nom de ma chère patrie,
Et dans leur sang laver mes mains,
La France l'ordonne et le crie!

Je vais venger au champ d'honneur
Le vieux drapeau de la victoire;
Le canon gronde! allons, du cœur !
Au combat, la mort ou la gloire.

Il faut frapper nos ennemis ,
Leur faire mordre la poussière,
Et que chaque coin du pays
Soit nuit et jour leur cimetière.

Vengeons nos mères et nos sœurs,
Vengeons notre sainte patrie;
Plongeons nos sabres dans leurs cœurs,
La France l'ordonne et le crie!

Nous garderons leurs ossements
En souvenir de la vengeance :
Que chacun de nos régiments
Comme un vautour sur eux s'élance!

Nos vaillants chefs guident nos pas,
Le tambour bat, le clairon sonne ;
Soyons fermes dans les combats,
Au bout la gloire et la couronne.

Calais, 24 décembre 1870

NE PLEURE PAS TON FILS, MA MÈRE

Ne pleure pas ton fils, ma mère,
La France appelle ses enfants;
Oh! calme ta douleur amère,
Nous serons bientôt triomphants!

Du sol sacré de la patrie
Nous chasserons l'envahisseur;
L'ange gardien nous guide et prie,
Partout se lève un bras vengeur.

Ne pleure pas ton fils, ma mère,
Nous avons tous le sang gaulois;
Nous creuserons leur cimetière
Comme nos pères autrefois!

Jamais nous ne serons l'esclave
Des Germains ligués contre nous ;
Brûlant cratère, de sa lave
La France les couvrira tous.

Nos fleuves verront leurs dépouilles
Rouler dans leurs rapides eaux ;
Prussien ! le beau ciel que tu souilles
Ne veut pas même de tes os !

Ne pleure pas ton fils, ma mère,
L'étendard de la liberté,
Comme une étoile tutélaire,
Flotte sur la grande cité !

27 décembre 1870.

A GUILLAUME

« Le Seigneur a toujours soufflé sur les races
« orgueilleuses et en a fait sécher les racines. »

MASSILLON.

Non! la divine Providence
N'ordonne pas tes attentats;
De leur hypocrite impudence
Elle punit les potentats!

Un jour te pardonnera-t-elle
Les massacres faits en ton nom?
Quand la terre de sang ruisselle
Le ciel indigné me dit : non!

N'invoque pas le Dieu sublime
De la fragile humanité,
Quand tu la pousses dans l'abîme,
Tu touches à l'éternité !

Je vois du sang sur ta couronne,
Dieu l'aperçoit baigner ton cœur ;
Oh ! c'en est fait, son foudre tonne,
Poussière alors, qu'es-tu vainqueur !

Alors il te demande compte
Des crimes en ton nom commis,
Et l'ange exterminateur compte
Tes morts tués comme ennemis !

Ces ennemis étaient tes frères !
Tes bulletins victorieux
Annonçaient au bruit des tonnerres
Qu'ils descendaient écrits des cieux.

Mort enfin, que Dieu te punisse
D'avoir inscrit son nom puissant
Sur ton exécrable édifice
Et de mensonges et de sang!

Que chacune de tes victimes
Raconte aux enfers tes forfaits,
Et que du fond des noirs abîmes
Leur voix te maudisse à jamais!

Calais, 29 décembre 1870.

OH ! SI J'AVAIS VINGT ANS

Oh ! si j'avais vingt ans et le feu qui m'embrase,
    Je volerais sous le drapeau,
D'un perfide ennemi j'irais avec extase
    Préparer le tombeau !

J'irais venger sans peur des femmes et des frères
    Par de lâches mains massacrés,
Et laver dans le sang de hordes sanguinaires
    Leurs souvenirs sacrés !

Je me rappellerais que cent mille Vandales
    Sont morts sous les murs de Châlons,
Et qu'il faut aujourd'hui détruire sur nos dalles
    Mille autres bataillons !

En avant, me dirais-je, en avant pour la France,
    Tenons ferme son étendard,
Celui de Jeanne d'Arc, celui de la vengeance,
    Le fer et le poignard !

Ne laissons pas périr la renommée antique
    De nos ancêtres glorieux :
Ils ont conquis Berlin : fils de race héroïque,
    Soyons victorieux !

O jeunesse, arme-toi ! l'univers te regarde,
    Elance-toi sur le Germain ;
La France palpitante et te guide et te garde,
    Suis-la dans son chemin !

Calais, 1er janvier 1871.

LES RACES LATINES

O Prusse, ne crois pas que tes hordes sauvages,
    Encor dans l'enfance des arts,
    Détruiront comme des vieillards
    Les belles races des vieux âges.

Jeunes encor de force et d'immortalité,
    Elles éclairent tout le monde,
    Et fertilisent comme une onde
    Les déserts dans leur aridité !

Ne crois pas que le fer détruise leur génie,
    Flambeau divin et lumineux,
    Qui sur ton sol froid et rugueux
    N'a pas encor trouvé la vie.

Des éclairs passagers ont sillonné tes bords,
Mais sont encor des soleils rares
Où dans tes régions barbares
On les reçòit comme des morts !

O Prusse, ne crois pas que les races latines
Ne brûlent plus du feu sacré,
Et que sous ton pas abhorré
Tu ne foules que des ruines.

Elles ont fait de l'homme admirer la grandeur
Dans ses élans d'intelligence ;
Et de son immortelle essence
Elles reflètent la splendeur.

De l'antique génie illustres héritières,
Elles régnent par le talent,
Leur souffle toujours brûlant
Se retrempe sur les cratères !

Prusse, garde-toi bien de vouloir avilir

 Ces races toujours magnanimes,

 Tu les verrais dans leurs abîmes

T'entraîner et t'ensevelir !

Calais, 19 janvier 1871.

LE BOMBARDEMENT DE PARIS

Poètes, flétrissons dans la postérité
Les crimes de Guillaume et sa perversité :
Attachons ce coupable au pilori des âges
Et gravons sur le Styx ses cruautés sauvages!

Notre muse sans fiel a des chants pour louer,
Mais sur notre mépris, il faut, il faut clouer
Ce fossoyeur sceptré, ce roi maudit des mères
Et qui leur fait verser tant de larmes amères!

Poètes, nous chantons le guerrier valeureux
Qui défait noblement des bataillons nombreux,
Qui lui-même combat et gagne une victoire
Et que l'ennemi même honore dans sa gloire!

Mais Guillaume commande à l'abri des boulets,

Et les laisse pleuvoir, caché dans un palais !

La mort anéantit les légions germaines,

Mais leur perte n'est rien, tant que parlent ses haines !

La France, ce pays de vaillance et d'honneur,

La France sait montrer qu'elle a toujours du cœur;

Sous les coups redoublés de ses mille tonnerres,

Ses fils lui montreront ce que furent leurs pères !

Guillaume s'en ira sans les avoir soumis,

Et dans chaque sentier trouvant des ennemis,

Il mourra détrompé de la fausse espérance

Qu'il pouvait asservir notre stoïque France !

Devant lui passeront ses soldats mutilés,

Des veuves sans soutien, des vieillards désolés,

Des enfants malheureux cherchant en vain leurs pères,

Et se pressant en pleurs sur le sein de leurs mères !

En vain cherchera-t-il sur son lit de remords
Ses cadets décimés, perdus parmi les morts,
Gardés sur notre sol comme poudreux otages
Des crimes à venger sur ses hordes sauvages!

L'enfer s'ouvre! on le met sur un lit d'ossements,
Il entend s'élever de longs gémissements;
Le Styx répète au loin ses échos lamentables
Et Pluton vient punir le plus grand des coupables.

Le voilà! — « Qu'as-tu fait? on te croyait pieux,
« Et tu fis bombarder des temples sous tes yeux!
« On te croyait humain, monarque débonnaire,
« Tu fis assassiner le prêtre dans sa chaire.

« Tu tirais sans pitié sur de pauvres enfants,
« Et tu crus te couvrir de lauriers triomphants!
« Tes obus meurtriers tombaient sur les hospices,
« Et tu n'eus pas horreur de tes affreux supplices!

« Vois les infortunés que ton plomb fit périr,

« Et vois aussi les feux qui te feront souffrir !

« Je te tiens maintenant jusqu'à la fin des Âges

« Et je venge Paris de tes lâches outrages ! »

Ca'ais, 20 janvier 1871.

LES VANDALES

Français, ne laissons pas asservir la patrie,
        Nous saurons vaincre encor!
Nos pères ont formé notre France chérie,
Son nom brille partout inscrit en lettres d'or!

Ses pas, ceux d'un géant, sont empreints sur le monde
        Comme une étoile aux cieux,
Précipitons encor dans une nuit profonde
Ces vandales, troupeaux d'un fourbe ambitieux!

Depuis plus de mille ans, nos bras portent la gloire
        De l'étendard chrétien!
A cent autres combats arrachons la victoire
Plutôt que de fléchir sous le glaive prussien!

Nous avons en tout temps vaincu la tyrannie !

    Et combattu les forts ;

Dans les âges lointains brillait notre génie,

Comme brille un flambeau sur la tombe des morts !

Notre sang a coulé pour toutes les souffrances,

    Partout brisant des fers ;

Les opprimés en nous mettaient leurs espérances,

Aujourd'hui, c'est à nous à venger nos revers !

C'est à nous à venger nos compagnes, nos filles,

    D'horribles attentats;

C'est à nous à venger le sang de nos familles,

A purger notre sol d'infâmes scélérats !

France de Jeanne-d'Arc, de Bayard, de Turenne,

    Nous mourrons en héros,

Et l'on verra nos corps submergés dans la Seine,

Plutôt que de nous rendre à nos lâches bourreaux !

                Calais, 26 janvier 1871.

AUX NOBLES COEURS

Vous qui fûtes touchés des malheurs de la France,
Qui par vos dons avez adouci la souffrance
      De tant de mutilés,
Recevez le tribut de la reconnaissance,
Du pays, du soldat et de nos exilés!

En pensant aux blessés de nos champs de bataille,
Atteints par le pétrole ou bien par la mitraille
      Vos cœurs se sont émus!
Qu'ils aient reçu de vous de l'or ou de la paille,
Le Dieu puissant vous met au rang de ses élus!

Jamais nous n'oublierons les élans de vos âmes,
Quand nos soldats luttaient sous des torrents de flammes
      Faisant assaut de charité,
Vous sauviez les enfants, les vieillards et les femmes ;
Sous le drapeau flottant de l'hospitalité !

Merci pour tous les dons venus de l'Angleterre,
Venus de la Belgique et du bout de la terre
      Pour nos braves soldats !   [guerre,]
S'ils tombaient tout sanglants dans les champs de la
Ils vous remerciaient en ne vous voyant pas !

Nous garderons de vous une sainte mémoire
Comme une page d'or sublime dans l'histoire !
      Mais si vingt nations
Ont pu nous disputer un moment la victoire,
Il reste encor chez nous de nombreux bataillons !

La France est le phénix qui renaît de sa cendre ;
　　　Son drapeau glorieux,
Haché, mis en lambeaux, saura toujours défendre
L'impérissable honneur de nos vaillants aïeux.

Calais, 2 février 1871.

AUX PIGEONS

Pauvres pigeons, plus de nouvelles
Et de la guerre et de Paris ;
Plus de messages sous vos ailes,
Par la faim vous êtes tous pris !

Admirables auxiliaires,
Oiseaux charmants, presque divins,
Sans peur d'obus incendiaires,
Vous franchissez tous les chemins !

On tirait sur vous dans l'espace,
Mais la poudre perdait son temps !
Vous retourniez à votre place,
Presque tous, et sans contre-temps,

Que de soupirs, que d'espérance,
Que de regrets, que de douleurs
Vous portiez à la chère France,
Fidèles pigeons-voyageurs !

Que Dieu protége votre race,
Oiseaux des temps religieux,
Vous représentez dans l'espace
Le souflle descendant des cieux !

Nous entrons dans des temps d'orages
Et qui ne font que commencer;
Vous porterez d'autres messages
Vengeurs du sang qu'on fit verser!

Dans nos forts, dans nos citadelles,
Qu'on vous fasse des pigeonniers ;
Vous partirez à tire d'ailes,
Nous ramenant des prisonniers !

Votre route sera plus grande,

Vous irez de Paris à Berlin,

Par Metz Strasbourg ou la Hollande,

Le plus court est votre chemin !

Calais, 4 février 1871.

LES FORBANS

En quel mépris je tiens ces bandes de forbans,
Destructeurs des cités, des libertés humaines;
    Exécrables tyrans
Marchant avec la mort, toujours suivis de chaînes !

Fils de la barbarie, enfantés par l'enfer,
Ils éteignent partout les clartés les plus belles,
    Toujours bardés de fer,
Ils font couler partout des larmes éternelles !

Torrents dévastateurs, ils laissent derrière eux
La désolation, le meurtre, le carnage;
    Mais nos vaillants neveux
Chercheront à Berlin la place où fut Carthage !

Ils détruisent partout les chefs-d'œuvre des arts,
La chaumière du pauvre et le palais du riche ;
 Le sang de toutes parts
Coule comme un torrent sur les plaines en friche !

Cependant ces héros de meurtre et de sang
Reportent leurs forfaits à la Toute-Puissance,
 Et sous leur pied sanglant
Viennent se prosterner des rois en défaillance !

Que le grand créateur dont ils souillent le nom,
Pour faire pardonner leurs lâches brigandages,
 Les livre au démon,
Et châtie aux enfers leurs infâmes outrages !

Calais, 9 février 1871.

AUX MORTS DE NOS BATAILLES

Gloire à nos morts tombés sur les champs de batailles,
    Ces immortels de l'avenir !
    Assistons à leurs funérailles,
    Pleurons! pleurons leur souvenir!

Ils ont sauvé l'honneur de notre vieille France,
    Ils ont bien porté son drapeau ;
    Dans le linceul de la vaillance
    Ils sont descendus au tombeau !

Ils n'ont pas reculé devant vingt fois le nombre
    De bataillons ligués contre eux !
    Donnons nos larmes à leur ombre,
    Ils vont passer encor poudreux !

Les voilà! qu'ils sont beaux couverts de leurs blessures,
  Honneur à tous ces mutilés !
  Ils sortent de leurs sépultures,
  Calmes, superbes, consolés !

Le tambour bat! courons, courons sur leur passage,
  Saluons ces nobles héros!
  Sous leurs pieds s'agitent des os,
  Les os d'un ennemi sauvage !

Ils foulent des chevaux, des files de soldats
  Tombés sous leurs charges vaillantes,
  La victoire accourt sous leurs pas
  Avec ses palmes triomphantes!

« Venez à moi, dit-elle à nos braves soldats,
Vous êtes toujours grands, fils aînés de la gloire ;
Je vais graver vos noms au temple de Mémoire,
  En attendant d'autres combats!

« Vous reprendrez bientôt l'Alsace et la Lorraine;
  Foulant aux pieds des ossements,
  Vous sentirez la vieille haine
  Qu'avaient au cœur vos régiments.

« Sur les forts élevés par les mains magnanimes
  De vos vaillants aïeux,
  Vous ferez flotter jusqu'aux cimes
  Votre drapeau victorieux !

« Vous reprendrez le coin de terre
  Que n'ont pu prendre les canons !
  Quand marchera la France entière,
  Je conduirai vos bataillons !

« Toujours vainqueurs devant le nombre,
  Indomptables comme un torrent,
  Vous ferez tout fuir comme une ombre
  Qu'emporte le souffle du vent ! »

A ces mots le ciel s'ouvre et l'Eternel descend !

La Victoire emmena ses héros avec elle,

Embrasant tous les cœurs de sa flamme immortelle !

L'assistance, à genoux, laissa tomber ses pleurs,

Et jura devant Dieu de venger nos malheurs !

Calais, 17 février 1871.

PRUSSIENS

Oui! vous avez couvert le vieux nom germanique
De hontes que les temps ne pourront effacer ;
Les belles eaux du Rhin dans leur cours magnifique
Refléteront le sang que vous fîtes verser!

L'histoire flétrira vos crimes sacriléges,
Tous vos assassinats froidement consommés,
Vos embûches de sang, vos ruses et vos piéges
Pour extorquer de l'or, indignement tramés!

Vous avez volé la chaumière,
Vous avez volé le château;
Vous alliez dans le cimetière
Voler le mort dans son tombeau!

Tueurs de pauvres orphelines,
De pauvres sœurs de charité,
Vous voliez de vos mains félines
Le christ qu'elles avaient porté,

Arrière, au loin, Prussiens rapaces,
Vils oppresseurs du genre humain;
Reléguez-vous dans les espaces
Des détrousseurs de grand chemin!

Poètes de la Germanie,
Esprits penseurs et généreux,
Flétrissez de votre génie
Tous leurs assassinats affreux!

Arrêtez sur sa triste pente
Votre pays tant décimé ;
On le mutile, on l'ensanglante,
Ilote bientôt abîmé !

Détachez-vous du vieux despote
Qu'effraie votre liberté,
Et qui dans son conseil tripote
Déjà votre temps escompté !

Marchez dans votre indépendance,
Foulez aux pieds cet empereur :
Il s'est fait par votre alliance,
Il est déjà votre oppresseur !

Peuples d'Europe, à nous ! nations généreuses,
Dans le fond de l'enfer activez son départ :
Que le noble faisceau de vos mains valeureuses
Contre tous les tyrans élèvent un rempart !

ÉPITAPHE

Assassins et voleurs, tels furent ces Vandales;
Ils souillèrent un jour notre vaillant pays;
Leur nom déshonoré restera sur nos dalles
Couvert de son opprobre et de notre mépris!

Calais, 24 février 1871.

A L'ANCRE

A l'ancre ! mon esprit, immobile nacelle,
Laisse l'azur des cieux descendre sur son bord ;
Aucun flot ne l'agite et son onde recèle
    Le bien-aimé calme du port !

Ne reste pas ainsi tranquille sur ton onde,
Ouvre ta voile et va te perdre sur les flots :
O mon esprit, écoute et les échos du monde
    Et ceux plus doux des matelots !

Mais non ! laisse le monde à toutes ses tempêtes,
Ses discordes sans fin, causes de nos malheurs,
Et vogue en savourant les ineffables fêtes
    Que donnent les flots et les fleurs !

Le monde t'offrira ses fers, son esclavage ,

La mer t'apportera la douce liberté,

Les fleurs dans leur silence et dans leur doux langage,

    Une éternelle volupté.

Sur l'immense océan de la belle nature

Admire ses beautés et chante ses grandeurs;

Et soleil projetant ta clarté vaste et pure,

    Va te perdre dans ses splendeurs.

Seaton, 8 mai 1871.

REGRETS

De ce qui nous fut cher, notre âme est le cercueil,
C'est là que nous pleurons dans notre cimetière ;
C'est là que chaque jour nous disons la prière,
    Dans notre habit de deuil !

C'est là que nous portons nos couronnes funèbres,
Et que nous les gardons et la nuit et le jour,
Sans craindre que l'oiseau qui trouble les ténèbres,
    Ne trouble nos soupirs d'amour !

C'est là que nous portons aux âmes envolées
Nos regrets éternels, cyprès aux longs rameaux ;
Et que nous les voyons, voltiger consolées,
    Quand nous pleurons sur leurs tombeaux !

Seaton, 9 mai 1871.

NOTRE AME

Notre âme est l'urne sainte où tombent nos douleurs,

Où tous nos souvenirs dorment en longue file,

Où l'étoile de vie un moment brille et file

    Dans les regrets et dans les pleurs !

Seaton, 9 mai 1871.

O MER !

O mer! j'entends rouler tes vagues éternelles;
Quel langage inconnu tu parles à nos cœurs !
Que de gémissements, que d'êtres tu recèles,
    Que les flots ont reçu de pleurs!

Que viens-tu nuit et jour raconter à la terre,
Tu puises ta grandeur dans ton éternité;
Et l'homme en s'approchant de ton bord solitaire
    N'est qu'un grain de sable agité !

Reflet majestueux de la source divine,
Tu vois passer les flots des siècles et du temps,
L'homme reste debout, immortelle ruine,
    Sur les abîmes palpitants!

Seaton, 9 mai 1871.

BELLE NATURE

Salut! salut, belle nature !
Salut, beau ciel, bel univers !
Salut, pavillons de verdure,
Prêtez vos charmes à mes vers.

Salut, silence des bocages,
Arômes des bois, des vallons,
Petits oiseaux aux doux ramages,
Petites fleurs dans les sillons !

Charmantes brises des montagnes,
Ruisseaux qui fuyez dans les bois,
Rochers, solitaires campagnes,
Prêtez vos soupirs à ma voix!

28*

Salut! je viens vous voir encore,
Embellissez mes derniers jours ;
Toi, noble ciel, toi, belle aurore,
Suspendez pour moi votre cours !

Faites vibrer encor ma lyre
De sons doux et mélodieux,
Et jetez-moi dans le délire
Pour me transporter dans les cieux !

Faites-moi célébrer la gloire
De notre divin Créateur,
Et dans le temple de Mémoire
Que je burine sa grandeur !

Toi, mer immense qui m'anime,
Reflète dans l'immensité
L'auteur magnifique et sublime
Qui t'a donné l'éternité !

Vous qui brillez sur le Parnasse,

Bardes, gloires de l'univers,

A mon luth donnez une place

Et qu'il s'inspire de vos vers.

Sealon, 9 mai 1871.

NATURE

La nature enfin se réveille,
Les oiseaux chantent dans les bois;
Le jour grandit et l'Amour veille
Avec sa flèche et son carquois.

J'entends le ruisseau qui murmure,
Je vois les feuilles pointiller,
Les champs se couvrent de verdure,
Tout semble partout gazouiller!

Déjà la tendre violette
Embaume l'air de son odeur ;
La nature fait sa toilette
Et répand partout le bonheur !

Sous son souffle, brûlante flamme,
Tout semble sortir du tombeau :
Elle fait vibrer, elle enflamme
Tous les êtres d'un feu nouveau.

Dans les solitudes profondes,
Dans les vallons, dans les chemins,
Où serpentent les douces ondes,
Partout on sent ses feux divins.

La feuille morte et desséchée
Tombe ou s'égare dans les airs ;
Mais de son astre détachée
Elle renaît à l'univers ;

Pauvre feuille de notre vie,

Lorsque tu tombes, où vas-tu ?

Tu vas renaître rajeunie

Sous le souffle de ta vertu !

Sedon, 10 mai 1871.

L'ÉGLANTIER DE LA VIE

Sur l'églantier de notre vie
Courbé par le vent des hivers,
Sur lequel a soufflé l'envie
Y laissant ses poisons divers :

Ah ! greffons de nouvelles roses,
Des roses aux douces couleurs ;
Faisons tomber celles écloses
Sous les brises de nos douleurs !

Détruisons toutes ses épines
Qui nous font encore souffrir,
Et coupons toutes les racines
Qui peuvent nous faire mourir !

Du souffle empoisonné du monde
Sachons surtout le protéger;
Qu'à ses pieds coule une douce onde
Comme la trouve le berger!

Entourons-le de fleurs nouvelles;
Des tendres fleurs de l'amitié ;
Douces couronnes d'immortelles
Séchant sur le marbre oublié!

Sous le souffle de l'espérance,
Refleurira notre églantier,
Et des roses en abondance
Le recouvriront tout entier.

Seaton, 13 mai 1871.

LE CHÊNE

Je suis le Nestor des montagnes,
A mes pieds ont passé les ans,
Les jeunes filles des campagnes
Les vieillards, autrefois enfants !

J'ai vu gronder de noirs orages,
J'ai vu luire les plus beaux jours,
J'ai vu s'agiter mes feuillages
Au souffle brûlant des amours !

A mes pieds j'ai vu couler l'onde
De mon doux et petit ruisseau ;
J'ai reçu les vains bruits du monde,
Comme y tombe la goutte d'eau.

Les oiseaux murmurent encore
Dans mes solitaires réduits,
Je vois redescendre l'aurore,
Je vois reparaître les nuits !

Du soleil je sens la lumière
Dans son cours noble et glorieux,
Et son azur est la poussière
D'or qu'il répand sur moi des cieux !

Les fruits autour de moi jaunissent,
Les bois embaument sous les fleurs,
Les agneaux paissent et bondissent ;
Dans la nature point de pleurs !

Je n'entends gémir qu'un seul être
Et c'est le roi de l'univers,
S'il s'inclinait devant son maître,
Gémirait-il sur ses revers ?

Seaton, 14 mai 1871

DE L'HERBE

De l'herbe et quelques fleurs
Que sème la nature,
Sont les derniers pleureurs
Sur notre sépulture!

Ceux qui nous conduiront
Seront conduits ensuite,
Et bientôt reviendront
Les suites de leur suite!
C'est ainsi que le temps pousse l'humanité
Dans l'insondable lit de son éternité!

Seaton, 15 mai 1871.

LES FLEURS

Hoc redolent quo pura magis
(*Devise de Fleury*)

Je vous revois encor, tendres feuilles des bois,
    Vous renaissez après l'orage;
    Mais nous, emportés une fois,
    Nous restons sur la sombre plage!

L'hiver passe sur vous avec tous ses glaçons,
    Vous résistez à sa froidure;
    Vous charmez toutes les saisons,
    La nôtre à peine un matin dure!

Le soleil vous défend de ses rayons puissants,

    Il vous dégage de la neige ;

    Mais de ses flocons renaissants

    Jamais le temps ne nous allége.

Lorsque vos doux parfums s'élèvent dans les airs

    Jusqu'aux étoiles embaumées,

    Nous sentons le poids de nos fers

    Presser nos mains inanimées !

Hélas ! et puisqu'un jour il nous faut tous mourir,

    Faibles roseaux de la nature ;

    Venez, fleurs, venez refleurir

    Au pied de notre sépulture !

Seaton, 16 mai 1871.

LA VIE

La vie est un torrent rapide,
Qu'on cherche à remonter en vain,
Tantôt troublé, tantôt limpide,
Mais faisant toujours son chemin!

Ce torrent n'a point de rivage,
Il entraîne tout dans son cours ;
Il se grossit dans son passage
Des siècles, des ans et des jours.

Il nous entraînera nous-mêmes,
Comme une feuille sur les eaux ;
Il voit passer rois, diadèmes,
Le temps appuyé sur sa faulx!

Où conduit-il ce qu'il entraîne
Dans son élan précipité ?
Il va le river à la chaîne
De l'immobile éternité!

DEMAIN MON TOUR

Je vois passer le corbillard,
Il va porter au cimetière
Dans le velours et le brocart
Un richissisme de la terre !
  Demain mon tour !

Le vent souffle dans les panaches
De magnifiques noirs chevaux,
Je vois des soldats et des haches,
Les insignes de généraux !
  Demain mon tour!

Sous des guirlandes d'immortelles
Je vois s'avancer un cercueil ;
Des deux côtés des demoiselles
Pleurant dans leurs robes de deuil !
    Demain mon tour !

Voici le corbillard d'un père
Que suivent ses enfants en pleurs :
Dans ce cortége funéraire,
Touchants regrets, vives douleurs !
    Demain mon tour !

Comme les corbillards se suivent,
Le cimetière en est tout plein ;
Ils se heurtent, se poursuivent,
Vrais carrosses de grand chemin !
    Demain mon tour !

Quand sonnera l'heure suprême
Annonçant notre dernier jour,
Chacun de nous dira de même :
Demain mon tour !

Seaton, 18 mai 1871.

OCÉAN

Devant ton horizon immense,
Mes yeux interrogent tes flots,
J'unis mon âme à ton silence,
Loin des rames des matelots !

A mes pieds tes ondes blanchissent
Et se brisent pour revenir,
Sans que jamais elles franchissent
Le fil fixé pour les tenir !

Oh ! de la puissance suprême,
Arrêt sublime de grandeur !
Ainsi tu roules sur toi-même,
Enchaîné dans ta profondeur !

Tu t'agites depuis des âges,
Toujours noble, majestueux ;
Ton eau parle avec les nuages,
Le temps vieillit entre vous deux !

Des régions les plus lointaines
Sur toi tombent des mers d'azur,
Et dans les invisibles plaines,
Ton flot remonte toujours pur !

Les étoiles sur toi s'agitent,
La lune luit de sa hauteur,
Et les cieux sur toi précipitent,
Tous les reflets de leur auteur !

Mais nous, passagers sur la terre,
Nous ne voyons rien revenir,
Notre barque, souffle, mystère,
Cherche le port de l'avenir !

Elle navigue dans la glace
Des récifs de l'adversité,
Et va s'amarrer à la place
Que lui fixe l'éternité !

Seaton, 19 mai 1871.

LA CONSTANCE

Je t'aime, fidèle constance,
Et dans l'amour et dans les pleurs ;
Dans l'amitié, dans l'espérance,
Pour nous, parfums, zéphyrs et fleurs !

Je t'aime en ta douce prière,
Les mains jointes, les yeux au ciel,
Je t'aime à genoux sur la pierre,
Y laissant tes rayons de miel !

Je t'aime lorsque tu m'apportes
La foi dans l'immortalité ;
Et lorsque tu m'ouvres les portes
Du temple de l'Eternité !

ESPRIT-SAINT

Toujours ! comme aujourd'hui, de nos cœurs malheu·
Tomberont des soupirs captifs et douloureux,   [reux.]
Invisibles anneaux de cette chaîne immense
De maux dont nous portons l'éternelle semence !

Élevons jusqu'à Dieu le souffle de notre âme,
Il renaîtra bientôt au souffle de sa flamme ;
Un nouvel horizon resplendissant d'azur
Nous enveloppera d'un calme doux et pur.

Comme une fleur flétrie et bientôt expirante,
Qu'une eau vient ranimer sur sa tige souffrante,
L'Esprit-Saint nous rendra la force et le bonheur
Comme dans un cercueil gisant au fond du cœur !

Seaton, 27 mai 1871.

AMIS

Amis ! ne mourons pas sans laisser à la terre
Une trace, un sillon de nous !
Sur notre cendre solitaire
Qui priera longtemps à genoux ?

Seaton, mai 1871.

~~~

ESPÉRANCE

Spes in immortalitate.

Descends du ciel, douce Espérance,
Dirige mes pas incertains,
Loin des sentiers de la souffrance,
Loin du souffle des noirs destins.

Jette ton baume salutaire
Sur les maux de l'humanité,
Et dans tous les coins de la terre
Anime la fraternité !

Console au loin tous les captifs,
Les exilés, tous ceux qui pleurent,
L'oiseau qui gémit sous les ifs,
Les jeunes filles qui se meurent !

30*

Console, console les ombres
Qui voltigent autour de nous,
Qui nous entourent, spectres sombres,
Lorsque nous prions à genoux.

Oh ! fais-nous vivre de tes flammes
Qui sur toi descendent du ciel,
Et noie le fiel de nos âmes
Dans les doux parfums de ton miel !

Déjà je sens que je m'élance
Au sein d'un monde illimité ;
Je sens aussi, chère Espérance,
Ma foi dans l'immortalité !

Seaton, mai 1871.

LE CARILLON DE CALAIS

Noble carillon de Calais,
J'aime ta voix sonore et tendre ;
Quand tu parles de ton palais,
J'ouvre l'oreille pour t'entendre !

Du temps rapide dans son cours
Tu suis la marche et tu l'annonces ;
Tu vois passer tous nos beaux jours,
Au Dieu des morts tu nous dénonces !

Il nous guette et vient nous saisir
Sur la barque de notre vie,
Dans le travail, dans le plaisir,
Ou dans les maux toujours ravie.

Sonne des heures, carillon,
De paix, de joie et d'espérance ;
Fais-nous marcher loin du sillon
Noir et rugueux de la souffrance !

Annonce à la cité, des fleurs,
Après de si longs jours d'orages ;
Apaise toutes les douleurs,
Relève au loin tous les courages !

Les vaisseaux viendront dans ton port,
Plus nombreux que du temps de Guise ;
Toujours vaillant et toujours fort,
Le pays renaît et s'aiguise.

Noble carillon de Calais,
J'aime ta voix sonore et tendre ;
Quand tu parles de ton palais,
J'ouvre l'oreille pour t'entendre!

Calais, le 15 juin 1871.

LA MER

J'aime tes lames mugissantes
Et tes flots sans cesse agités ;
Tes écumes resplendissantes
La nuit dans ses obscurités !

J'aime le bruit sourd de tes ondes,
Nobles échos aux mille voix,
M'apportant leurs douleurs profondes,
Comme les rossignols aux bois!

J'aime la lune solitaire
T'illuminant de ses rayons ;
Au matelot montrant la terre
Comme une lampe en tes sillons !

Le jour calmes, la nuit terribles,
Que d'êtres ont noyés les flots,
Bouches béantes, affreux cribles
Où passent les cris, les sanglots!

Rien ne résiste à ta puissance,
Tu méprises l'homme et ses fers,
Et dans ta solitude immense
Tu cacherais tout l'Univers!

O mer! je vais au nouveau monde
Où se retrempent tous les cœurs;
Donne à ma lyre une douce onde
Pour chanter encor tes grandeurs!

Seaton.

A BORD DU STEAMER CUBA

(Via New-York.)

PETITE MOUCHE

Que viens-tu faire en ma cabine,
Petite mouche? A toi salut!
Mon cœur n'est plus qu'une ruine,
Approche et deviens mon salut!

Sur ton aile mystérieuse
Apporte-lui calme et vigueur;
Sois une étoile lumineuse,
Sois un présage de bonheur!

Comme moi si loin de la terre,
L'Océan nous porte tous deux :
Tous deux, petits grains de poussière,
Roulant sur les flots orageux !

Reste avec moi dans ma cabine,
Mangeons ensemble notre pain ;
Dieu nous conduit, nous achemine,
A terre nous serons demain.

Tu t'envoleras sur les roses,
T'enivrant du parfum des fleurs ;
Sur les feuilles à peine écloses,
A l'abri des brouillards trompeurs !

Je retrouverai les épines
Que l'homme recueille en ses champs,
Pour quelqu'arôme d'aubépines
Sur des cailloux durs et tranchants !

Le 21 juillet 1871.

A BORD DU CUBA

.

A MADEMOISELLE CLARA

Agée de 3 ans.

(Fille du général américain F. W. Smith)

Comme une étoile douce et pure
Qu'on voit briller au haut des cieux,
Sur l'Océan, votre figure
A soudain attiré mes yeux!

Elle porte déjà l'image
De la beauté, de ses attraits;
Vos yeux, leurs cils sont le présage
De tous les charmes de vos traits!

31

Fille d'une mère charmante,

Fille d'un soldat valeureux,

Croissez, croissez, ô jeune plante,

Pour charmer les cœurs amoureux !

21 juillet 1871.

LA CLOCHE

A BORD DU CUBA

La cloche à bord! dimanche! aujourd'hui la prière!
Allons tous avec joie invoquer l'Eternel!
Comme sur un vieux temple où s'attache le lierre,
    Embrassons son autel!

Il nous a protégés sur l'Océan immense,
La vague, sans malheurs, a bouillonné sur nous;
Devant son univers que notre voix l'encense,
    Passagers, à genoux!

Sa main nous conduira sur une douce plage,
Célébrons sur ses flots sa gloire et ses grandeurs,
Et gravons dans les cieux comme une noble image
    Les élans de nos cœurs!

Chantez, petits enfants, chantez, mères aimantes,
Vos voix ont plus de feu, vos cœurs ont plus d'amour !
Dieu séchera vos pleurs, finira nos tourmentes
     Au céleste séjour !

22 Juillet 1871.

LES ÉTOILES

A BORD DU CUBA

Brillez aux cieux, douces étoiles,
Brillez aux regards consternés;
Oh ! déchirez les sombres voiles
Qui couvrent les flots mutinés !

Guidez, guidez notre navire
Loin des montagnes de glaçons;
Sur chaque voile qui soupire
Jetez vos feux quand nous passons !

Ranimez en nous l'espérance
Qui dans les cœurs descend des cieux,
Que la tempête et la souffrance
Sans cesse éloignent de nos yeux.

31*

Nous voilà bientôt sur la terre

Du pavillon libre étoilé ;

Oh! que son ombre tutélaire

Électrise notre œil voilé !

Sous lui, beau temps et douce brise,

Bon port pour le navigateur;

Point de rocher, point de banquise,

Il bénit chaque voyageur.

Brillez sur nous, douces étoiles,

Apaisez les flots sous nos pas :

De mille feux couvrez nos voiles,

Soyez les phares de nos mâts.

8 heures du soir. Au-delà du grand banc
de Terre-Neuve.   (23 juillet 1871)

AU CAPITAINE T. R. MOODIE

COMMANDANT LE CUBA

De ce vaillant soldat de l'Océan immense
J'admire nuit et jour l'active vigilance :
Il donne l'énergie à tous ses matelots;
Son œil toujours ouvert semble apaiser les flots.

On traverse avec lui la mer sans nulle crainte,
C'est un Dieu qui conduit, debout, son arche sainte;
Il donne le courage à tous ses passagers,
Et la mer à sa voix a perdu ses dangers.

NIAGARA

Dieu! que vous êtes grand dans vos œuvres sublimes,
Elles portent le sceau de votre éternité ;
Votre souffle a passé dans les plus noirs abîmes
Comme un soleil de vie et d'immortalité !

L'homme meurt et ses os redeviennent poussière ;
Son âme monte au ciel, près de vous, Créateur ;
Et vous faites sortir de la vile matière
Des êtres rayonnants de force et de splendeur !

Niagara (Canada).
Août 1871.

NIAGARA

Majestueux torrents de torrents invisiblés,
Dont la voix éternelle et le bruit indompté
Rugissent, font trembler les âmes insensibles
Aux grandeurs de la terre et de l'éternité !

Sous mes yeux égarés précipitez vos ondes,
Je viens vous contempler pour la première fois !
Emportez mes soupirs dans vos tombes profondes,
Vains échos de mon cœur perdus comme une voix.

Reportez-les à Dieu qui vous créa vous-mêmes,
Comme un pâle reflet de son immensité ;
Devant vous passeront les temps, les diadèmes,
Nos ombres, notre orgueil, notre fragilité !

Niagara, 17 août 1871.

NIAGARA

Me voilà devant toi, merveille vagabonde ;
J'entends rugir au loin tes flots impétueux,
A ma vue, à mon cœur surgit un nouveau monde,
Un océan sans fin, un océan de feux !

Tu t'avances rapide et roules sur toi-même,
Dans des gouffres sans fin, tu tombes, tu renais,
Et splendide rayon du Créateur suprême,
Tu projettes au loin ses splendides reflets !

Tu proclames au loin sa divine puissance ;
Comme une étoile aux cieux il a fixé ton cours,
Et tu vois s'engouffrer dans ton entraille immense
Tout ce qui vit, le temps, les siècles et les jours !

Quel bras étoufferait le bruit de ton tonnerre,

Quel géant, quelle armée arrêterait tes flots ?

Nous passons à tes pieds comme un grain de poussière

Que le vent des forêts projette sur tes eaux !

Oh ! porte à l'Océan tes ondes rugissantes ;

Je ne reviendrai plus où mon œil s'égara !

Remplis mon cœur du bruit de tes ondes errantes,

Je ne te verrai plus ! adieu, Niagara !

Chutes du Niagara,

21 août 1871

HUDSON RIVER

J'ai descendu tes nobles ondes,
Passant rapides sous mes yeux ;
J'ai vu tes champs, forêts profondes
De maïs verts, délicieux !

J'ai vu tes rochers, tes collines,
Se baigner au fond de tes eaux,
Tes vapeurs, vrais palais, machines
Faisant trembler tous les oiseaux.

J'ai vu tes profondes vallées,
Tes pampres grimpants amoureux,
Et tes chèvres échevelées
Sous le sycomore onduleux !

J'ai respiré tes fraîches brises
Descendant des coteaux lointains,
Douces comme des chants d'églises
Sur nos cœurs faibles, incertains.

Partout tes rives grandioses
M'ont révélé du Créateur
Les sublimes métamorphoses
De son souffle générateur !

Heureux qui peut s'asseoir sur tes bords solitaires
Et jeter ses regards sur tes champs parfumés,
Y porter les soupirs, l'espoir et les mystères
De deux cœurs bien-aimés !

Heureux qui dans le cours de tes ondes rapides
Voit passer sans regret l'onde de son destin,
Et dont les yeux, le soir, gonflés de pleurs humides,
N'en ont plus le matin !

Août 1871 (États-Unis).

32

FAREWELL

Qu'il fût froid le dernier baiser
Que me donna ta froide bouche !
Tu n'aurais pas dû m'embrasser,
Sa glace sans cesse me touche.

Cependant tu versas des pleurs,
Ton feu brûlait-il en ton âme ?
Je ne sais : mais mille douleurs
Me déchirèrent de leur flamme !

Tu ne me donnas pas la main
Pour presser un instant la mienne ;
Je te quitte et dans mon chemin
Ma voix ne trouve pas la tienne.

C'en est fait! Je ne te vois plus!
La mer, les flots nous désunissent,
Et dans leurs regrets superflus
Nos âmes maintenant gémissent!

J'attendais plus de ton amour;
Mais mon cœur veut y croire encore,
Et te montrer à son retour
Le feu qui toujours le dévore!

Si je devais ne plus te voir,
Et mourir sur une autre plage,
J'adoucirai mon désespoir
En embrassant ta douce image!

J'emporterai ton souvenir
Au milieu d'une autre patrie;
Je prierai Dieu de te bénir,
Ange, au revoir! oh! pour moi prie!

A BORD DE L'ABYSSINIA

CAPITAINE HAINS

O beau soleil, luis sur nos flots,
Illumine notre navire !
Fais chanter nos bons matelots,
Sans toi, tout cœur vaillant expire !

Dissipe au loin tous les brouillards,
Éloigne la vague traîtresse,
Et comme une douce caresse
Passe, passe sur nos regards !

Le Dieu qui te conduit toi-même
Dans tous les coins de l'univers,
Sera pour nous le Dieu suprême
Veillant sur l'insecte et les vers !

Quand nous aurons touché la plage,

Allons prier au saint autel,

Et que ce doux pèlerinage

Soit notre encens à l'Eternel !

De New-York à Liverpo l.

A BORD DE L'ABYSSINIA

Des fleurs à bord, oh! quel bonheur,
C'est un parterre de verdure!
Un doux parfum dans chaque fleur,
Tous les parfums de la nature!

Voici l'œillet et l'oranger
Unissant leurs odeurs suaves,
Le géranium passager,
Douces fleurs aux douces épaves!

Dans cette corbeille d'osier
Brillent les plus brillantes roses,
Et toutes sur chaque rosier
Furent les premières écloses!

A leurs parfums délicieux
L'héliotrope, né des flammes,
Mêle son arôme des cieux,
Céleste concert sur nos âmes !

Au milieu de toutes ces fleurs,
Je vois un charmant oiseau-mouche,
Son aile bat et quelques pleurs
L'ont posé là sur cette couche !

J'aperçois « *ne m'oubliez pas* »
Fixé dans son bec immobile !
Amant, l'absence est un trépas ;
Elle a tes fleurs, oh ! dors tranquille !

A BORD DE L'ABYSSINIA

Toutes ces belles fleurs que l'on vous a données
Sont maintenant, hélas ! presque toutes fanées !
    Il semble que des pleurs
Tombent, pour effacer leurs brillantes couleurs !

Ah ! tel est le destin des choses de ce monde,
    Rien ne dure ici-bas :
Et la mer qui nous tient dans sa bouche profonde,
    En a fait des trépas !

    Mais belle aussi comme une rose,
    Pleine de grâce et de fraîcheur,
Vous ne subirez pas cette métamorphose
    De la fragile fleur !

Le ciel vous a donné tous les célestes charmes ;
Ils dompteront du temps l'indomptable rigueur !
En faisant un heureux et beaucoup de bonheur,
Vous ferez à vos pieds tomber beaucoup de larmes.

De New-York à Liverpool.

QUÊTE A BORD DE L'ABYSSINIA

POUR LES ORPHELINS DES MATELOTS DE LIVERPOOL,

Une bourse est ouverte attendant notre obole,
C'est pour les orphelins de pauvres matelots ;
La plupart ont péri victimes de ces flots
Sans recevoir au loin la larme qui console !
A leurs petits enfants donnons tous notre obole,
      Donnons tous notre obole !

Citoyens d'Amérique, Anglais, Français, Germains,
Montrons à notre Dieu que nous sommes tous frères ;
Pour de pauvres enfants, ouvrons, ouvrons nos mains,
Le vin sera meilleur dans le fond de nos verres,

Notre navire marche bien,

Nous avons un bon capitaine,

Demain finit une semaine,

Faisons donc tous un peu de bien,

Au nom de notre capitaine.

On est toujours heureux du bonheur qu'on a fait ;

Aux petits orphelins assurons un bienfait,

Au nom de notre capitaine.

LE VENT

D'où viens-tu ? quelle main géante
Te promène sur l'univers ?
De ton souffle, bouche béante,
Tu soulèves toutes les mers !

Tu viens des régions lointaines
Suivi de parfums et de pleurs,
Et dans les sillons de nos plaines
Tu sèmes la vie et les fleurs !

Tu régénères la nature
En descendant du haut du ciel ;
Et tes soupirs, douce pâture,
S'y répandent comme du miel !

Ce n'est pas en vain que tu passes
Au milieu de l'immensité,
Chaque être puise sur tes traces
Des rayons d'immortalité !

Être inconnu, tu vis, tu pleures,
Tu nous empêches de dormir :
La nuit, le jour, à toutes heures,
Tu nous apprends qu'il faut gémir.

Seaton, 14 novembre 1871.

TU N'ES PLUS LA

Des oiseaux animant les bois
J'aimais entendre le ramage :
Je n'aime plus leur douce voix,
Séparé de ta douce image :
 Tu n'es plus là !

J'aimais à regarder les roses
T'empruntant leurs belles couleurs ;
Dans leurs feuilles à peine écloses,
Je n'aperçoi plus que des pleurs :
 Tu n'es plus là !

J'aimais le sentier solitaire
Qui nous cachait à tous les yeux ;
Je presse avec regret la terre
Qui reçoit nos derniers adieux :
 Tu n'es plus là !

Oh ! viens encor charmer mon âme,

Et respirer auprès de moi;

Viens voir encor brûler ma flamme

Sublime, idole de ma foi :

    Tu n'es plus là.

Seaton, 18 novembre 1871.

OCÉAN

Je te retrouve ici roulant encor tes ondes,
Comme tu les roulas dans les siècles passés ;
A tes pieds, sans regrets, tu vois tomber les mondes
    Et pour toi, c'est assez !

Tu grondes, tu gémis, tu roules sur tes chaînes,
Mais, esclave captif, tu ne peux les briser,
Tu fatigues le temps, et toi-même l'enchaînes,
    Sans jamais vous user !

Mortels ! venons prier à genoux sur ses rives ;
La mer est un reflet de notre créateur
Qui là-haut tient ouvert à nos âmes plaintives
    L'océan du bonheur !

Là-haut, plus de combats, plus de sang, plus de larmes,

A l'ancre dans le port de la félicité,

Nous goûterons en paix la vie et les doux charmes

De l'immortalité !

Seaton, 17 novembre 1871.

TU PEUX ME CROIRE

J'ai senti passer sur mon âme
Les doux rayons de tes beaux yeux ;
Ils m'ont touché comme une flamme
Qui descend rapide des cieux !
Je te le dis', tu peux me croire,
Jamais cœur ne t'aimera mieux;
    Tu peux me croire !

Je pense à toi, la nuit, le jour,
Je pense à toi quand tu reposes ;
Le vent te porte mon amour,
Avec ses fleurs, avec ses roses !
Je meurs pour toi, tu peux me croire !
    Tu peux me croire !

J'entends dans l'air les sons plaintifs
De la cloche qui se balance;
Avec mes pleurs, regrets captifs,
Mon cœur lui répond en silence!
Oh! qu'un seul regard de tes yeux
Dise : « Je t'aime beaucoup mieux,
     « Tu peux me croire ! »

                    Seaton, 19 novembre 1871.

TU N'AIMES PLUS

JE T'AIME ENCORE

v

Oh ! viens revoir, chère Lisette,
Les bois où nous passions tous deux !
Quand je cueillais une noisette,
Oh! qu'alors nous étions heureux !
Nous nous perdions sous le feuillage,
Soupirant comme les oiseaux,
Nous écoutions leur gazouillage,
Assis tous deux près des ruisseaux.
        Tu n'aimes plus !
        Je t'aime encore !

J'aimais à te donner les fleurs
Que je trouvais dans les prairies ;
Nous buvions, comme des chasseurs,
Le meilleur lait des métairies :
Temps bien heureux, doux souvenir,
Venez encor charmer notre âme ;
Venez, venez encore unir
Nos cœurs dans une même flamme ;
    Tu n'aimes plus !
    Je t'aime encore !

Ensemble, finissons nos jours
Sur la nacelle de la vie ;
La douce coupe des amours
Par le temps est vite tarie !
O ma Lisette ! éveille-toi,
Brûle d'une flamme nouvelle,

N'attendons pas que notre foi

S'éteigne comme une étincelle !

Tu n'aimes plus !

Je t'aime encore !

Seaton, 20 novembre 1871,

POÈTES

Poètes immortels, inspirez-moi des vers !
Je cherche vos esprits au milieu de l'espace ;
Qu'ils animent mon cœur et qu'il laisse une trace
    Sur le souffle de l'univers.

Oh ! que vous êtes beaux dans vos œuvres sublimes !
C'est Dieu qui vous parlait dans vos conceptions ;
Vous montez sans effort jusqu'aux plus hautes cimes,
    Grands dans toutes les régions !

Vos vers sont des soleils qui brillent sur le monde,
Vos vers sont des trésors qui descendent des cieux.
Ils seront à jamais de notre nuit profonde
    Les météores glorieux.

Les poètes sacrés ont grossi vos phalanges;
C'est Dieu qui les guidait de sa divine voix,
Et portés parmi nous sur les ailes des anges,
    Ils sont aussi grands qu'autrefois !

C'est vous qui burinez les faits les plus célèbres,
La gloire des grands cœurs sur les pages du temps,
Et qui faites sortir des épaisses ténèbres
    Les héroïsmes éclatants!

O Gloire! prends ta plume et grave dans ton temple
Leurs noms, pour les laisser à la postérité;
Que chaque voyageur s'arrête et les contemple
    Dormant dans l'immortalité !

Seaton, 21 novembre 1871.

J'ai revu ton regard, il a percé mon âme,
Et je sens autour d'elle une brûlante flamme,
Qui s'agite sans cesse et la nuit et le jour !
Je crains qu'elle ne soit la flamme de l'amour !

Seaton, 23 novembre 1871.

THE RAPID OF LIFE

Shoots to the fall
TENNYSON.

Que de flots ont roulé de rivage en rivage!
Que de gémissements de leur sein sont sortis !
Hélas! ne sont-ils pas la solennelle image
    Des maux sur nous appesantis !

Ils ont roulé des pleurs dans leurs vagues brûlantes,
Ils ont roulé des cris de toute éternité ;
Les échos semblent las des larmes désolantes
    Que leur porte l'humanité !

Le boulet a couvert leurs ondes, de sang teintes,
Des débris de vaisseaux, des engins de la mort,
Et nous foulons aux pieds des légions éteintes
    Ayant subi le même sort !

Quand le grand jour viendra, quel sera le partage
Des massacreurs cruels, des princes scélérats ?
Dieu leur donnera-t-il son céleste héritage ?
    Non, Seigneur, tu les puniras !

Ton bras les châtiera des crimes de ce monde
Et des fleuves de sang qu'ils auront fait couler ;
Dans des gouffres sans fin ta justice profonde,
    D'un souffle, les fera rouler !

O peuples ! Dieu porta le bonheur sur la terre,
Il est sur l'Océan comme il est dans les cieux ;
Donnez-vous tous la main pour briser de la guerre
    Tous les instruments odieux.

Dans les charmes des arts coulez en paix la vie,

Faites-lui savourer le murmure des eaux ;

Sur des brisants cachés, elle est souvent ravie,

Semez des fleurs sur vos tombeaux.

Seaton, 25 novembre 1871.

POÉSIE

Noble fille du Ciel, divine Poésie,
    Anime, anime encor mon cœur;
    Dégage-toi, douce ambroisie,
    Pour saluer ton Créateur !

Chante de l'univers les merveilles sans nombre,
    Renaissant dans leur majesté;
    Ce soleil magnifique, et l'ombre
    Offrant son voile à ta beauté !

Jette dans tes accords des torrents d'harmonies,
    Brille, douce étoile du soir !
    Fais apparaître les génies
    Nous montrant dans les cieux l'espoir !

Peintre du sentiment et peintre aussi des larmes,
  Tu vas pleurer sur les tombeaux;
  Tu célèbres les hauts faits d'armes,
  Ils revivent sous tes pinceaux!

Le signal est donné, la trompette guerrière
  Lance les chevaux écumeux,
  Et dans chaque grain de poussière
  Hennit leur élan valeureux !

Chante leur noble fougue, oh ! chante aussi la gloire
  Des héros morts dans les combats ;
  Immortalise les trépas
  De ceux qu'honore la victoire !

Rien ne pourra tarir ton éternelle source,
  Flambeau divin des temps heureux ;
  Comme le soleil dans sa course,
  Tu nous inondes de tes feux !

Ces mille feux jetés dans le fond de nos âmes

Se répandent sur l'univers ;

Oh ! puissent-ils de leurs flammes

Atteindre mon cœur et mes vers !

Seaton, 28 novembre 1871.

—

II

Je ne vous verrai plus, beaux jours de la jeunesse,
Dans un songe rapide écoulés pour jamais !
Qu'êtes-vous devenus ? quelle ombre de tristesse
Votre doux souvenir imprime sur nos traits !

Qu'êtes-vous devenus, chers amis de l'enfance,
Dans une autre patrie exilés pour toujours ?
Attendez, attendons ; l'heure marche et s'avance ;
La dernière sera l'heure encor des beaux jours !

Seaton, 1er décembre 1871.

NO MORE

Quand nous voyons partout des croix, des mausolées,
S'élever chaque jour au pied des vieux tombeaux ;
Quand nous voyons partout des larmes désolées
    Sous des saules nouveaux ;

Disons-nous : il approche, il vient le jour suprême
Qui sonnera pour nous les heures du sommeil ;
Dans un suaire froid on nous mettra nous-même,
    Jusqu'au jour du réveil !

Hâtons-nous donc d'aimer nos amis sur la terre,
Jouissons du bonheur de nous trouver près d'eux ;
Et prolongeons ainsi notre vie éphémère,
    Dans ces temps malheureux !

Ceux que nous chérissons, la mort viendra les prendre,
Comme la fleur des champs ils tomberont un jour ;
Aux tendres sentiments dépêchons-nous de rendre
Le feu de notre amour !

Quand il faudra laisser nos restes à la tombe,
De la douce amitié s'éteindra le flambeau !
Hâtons-nous donc d'aimer avant qu'elle succombe,
Entraînée au tombeau.

Seaton, 3 décembre 1871.

DIEU

Pourquoi dormir, ô mon génie ?
Regarde aux cieux, réveille-toi !
Jette de la sphère infinie
Quelques flammes encor sur moi !

Je veux célébrer les merveilles
Du Créateur de l'univers,
Qui donne, lorsque tu sommeilles,
Sa manne à cent peuples divers.

Je veux, je veux chanter sa gloire,
Que partout proclament les cieux :
Mon âme tremble et ne peut croire
Tout ce que lui disent mes yeux !

L'esprit saint anime mon âme,
Errante aux pieds du Créateur,
Et des mille éclats de ta flamme
Montre-lui son divin Auteur.

Il est partout, dans les étoiles,
Dans tous ces astres lumineux,
Qui partout étendent leurs voiles,
Resplendissantes de leurs feux !

Il est dans la nuit et les jours,
Dans leur calme, dans leurs tempêtes ;
Dans les perpétuels retours
Des mondes passant sur nos têtes.

Il est dans l'Océan qui roule,
Dans les rochers, dans les torrents,
Dans le petit ruisseau qui coule,
Et dans tous les fleuves errants !

Il est dans le parfum des roses,
Et dans la feuille qui frémit ;
Dans les amours aux lèvres roses,
Dans la colombe qui gémit !

Il est dans tout ce qui s'agite,
Et dans l'abeille et dans l'oiseau,
Dans la fourmi qui porte au gîte
Le poids du jour dans son fardeau !

N'est-il pas aussi dans nous-mêmes
Qu'il mène en ce vaste univers ?
A lui sceptres et diadèmes,
A lui la gloire, à lui nos vers !

Seaton, 5 décembre 1871.

—

FLEURS

Dans l'urne immense des douleurs,
Qu'il est doux quelquefois de répandre ses pleurs;
De se ressouvenir des amis de l'enfance,
Et de tous ceux qui ne sont plus !
Long sillon de soupirs, de deuil et de souffrance,
De regrets superflus !

Seaton, 6 décembre 1871.

ROSE ET LIERRE

Pour moi, la plus belle des roses,
Je veux être votre églantier ;
Dans toutes les feuilles écloses
Je veux revivre tout entier !

Je serai le lierre fidèle,
Fixé sans cesse autour de vous,
Et dans cette forme nouvelle
J'exciterai les cœurs jaloux.

Tous deux parfums, tous deux poussière,
Nos chaînes seront dans nos yeux ;
Tous deux encore, et rose et lierre,
Nous irons vivre dans les cieux.

Seaton, 7 décembre 1871.

ESCALIERS DES PALAIS

Les escaliers des palais sont glissants,
Souvent l'envie a pour gîte leur dôme ;
Fuyons, fuyons les lambris séduisants,
On dort bien mieux endormi sous le chaume.

L'air est plus pur près du cours d'un ruisseau,
Sous le soleil de la belle nature ;
On vit bien mieux au penchant d'un coteau,
Quand l'oiseau chante ou que le vent murmure.

On est plus libre éloigné des honneurs,
Fardeau doré qui se porte avec peine ;
On est bien mieux sous le parfum des fleurs,
Au doux zéphyr mêlant leur douce haleine !

Quand de la vie on voit les flots rouler,
Et qu'à nos pieds arrivent ses épaves,
Des pleurs parfois, des pleurs peuvent couler,
Comme il en sort des cœurs fermes et braves

Mais de ce monde instable et criminel,
Il faut sans peur regarder les tempêtes ;
Aller à Dieu, tribunal éternel,
Comme une vierge y va les jours de fêtes !

Seaton, 9 décembre 1871.

PAPILLONS

Volez, volez autour de nous,
Petits papillons des collines !
Petits anges, d'où venez-vous,
Si beaux sous vos couleurs divines ?

Descendus des rayons des cieux
Avec les brises de l'aurore,
Vous venez caresser nos yeux
Quand nos yeux vous pleurent encore,

Anges sur la terre autrefois,
Volez près de nous, chères âmes,
Et séchez encore une fois
Nos pleurs sous le feu de vos flammes.

Seaton, 11 décembre 1871.

ESPRITS DES CIEUX

Enfin, nous voilà sur la terre,
Rapidement venus des cieux;
Sous cet arbre entouré de lierre,
Regardons tout de notre mieux !

O quel désert ! ô quel silence !
Pour tous, quel infortuné sort !
Ici le cyprès se balance,
Là-haut la vie, ici la mort.

Que le soleil est triste et sombre !
Là-haut ses feux sont incessants,
La terre est couverte d'une ombre,
Long suaire sur les passants !

Partout des croix, partout des tombes,
Partout des larmes, des combats ;
Autour de nous des catacombes
De vertueux, de scélérats !

Là-haut, quelle douce harmonie,
Quelle atmosphère de bonheur !
Sur l'aile de chaque génie,
Le sceau de notre Créateur !

Là-haut, la joie et l'abondance,
Le repos, l'immortalité ;
La douce voix de l'innocence
Et chaque corps ressuscité.

Ici, que de vaines disputes
Sur la vie et son avenir !
Cris impuissants, stériles luttes,
Quand Dieu nous prend pour nous bénir !

Déjà j'entends la voix des anges
Animant l'immortel séjour,
Et leurs innombrables phalanges
Portant à Dieu tout leur amour !

Il faut partir, ouvrons nos ailes,
Oh ! regagnons vite les cieux ;
Dans nos demeures éternelles,
Esprits, nous serons beaucoup mieux !

Seaton, 13 décembre 1871.

AMOUR

Comme le phénix de sa cendre,
Oh ! renais dans mon cœur, amour !
Amour, oh ! viens encor m'apprendre
A brûler comme au premier jour !

Couvre mon cœur de mille flammes,
Perce-le de tes mille traits ;
Je sens déjà que tu l'enflammes ,
Par tout le bien que tu me fais.

Je sens renaître les doux charmes
Et des soupirs et de l'espoir ;
Dans mon âme coulent des larmes
Qu'avec bonheur tu sembles voir!

Je sens que je soupire encore ;
Tes traits me percent mille fois ;
J'aime encor, je brûle, j'adore
Comme j'adorais autrefois !

Seaton, 14 décembre 1871.

LE MOISSONNEUR

Pauvres mères, je viens couper ici des fleurs !
Je les coupe partout et je prends les plus belles :
Je vous vois aussitôt vous inonder de pleurs,
  Lorsque ma faulx passe sur elles !

Je les cueille partout où je puis les cueillir,
Au sommet des coteaux, au penchant des collines ;
Je ne leur laisse pas le moment de vieillir,
  Et les tranche dans leurs racines !

Elles vont refleurir aux pieds du Créateur,
Et saintes dans le ciel, vivant d'une autre vie,
Elles retrouveront l'éclat de leur couleur
  Sous les coups de ma faulx ravie.

Mères, pourquoi pleurer ? Vous reverrez un jour
Ces fleurs, ces tendres fleurs, ces fleurs qui sont vos filles;
Je ne suis pas la mort, moissonnant sans retour,
    Mais l'ange des saintes familles.

Aussitôt, déployant ses ailes dans les cieux,
L'ange atteignit bientôt les champs de la lumière,
Et déposa les fleurs dans les célestes lieux
    Où chaque fille attend sa mère.

Seaton, 16 décembre 1871.

LAMPE DE MA VIE

Ne brûle pas trop vite, ô lampe de ma vie,
    Dure encor quelques jours;
    Oh! je n'ai nulle envie
    D'être ici-bas toujours.

J'ai vu mourir des rois, j'ai vu tomber des trônes;
    J'ai vu tomber des pleurs;
    Destin! quand tu détrônes,
    Oh! pour tous, quels malheurs!

Nous croyons que les fleurs vont pousser sur nos têtes,
    Et que nous serons mieux,
    Aussitôt les tempêtes
    Nous accourent des cieux.

Goûtons donc ici-bas les courtes matinées
  Du calme et du bonheur,
  Sans boire empoisonnées
  Les eaux de notre erreur !

Seaton, 17 décembre 1871.

EN PAIX

Je suis en paix au milieu du silence,
Je vois la mer et ses mobiles flots,
Je n'aperçois ni cavalier ni lance,
J'écoute au loin le chant des matelots!

Quand le soleil m'apporte sa lumière,
Quand ses rayons illuminent les cieux,
Je vois celui qui guide sa carrière,
Qui le conduit chaque jour sous mes yeux!

J'admire au loin les traces magnifiques
De son char d'or aux splendides couleurs;
J'entends l'écho des célestes cantiques
Venant s'unir aux arômes des fleurs!

De l'Océan j'admire les images,
J'entends les flots qui se parlent entre eux;
Et, m'égarant sous les épais ombrages,
J'entends aussi des soupirs amoureux.

Et cependant, au milieu des tempêtes
L'homme ici-bas voit consumer ses jours;
Et s'il assiste à quelques rares fêtes,
Un deuil après les assombrit toujours!

Ah! s'il voulait de la belle nature
Comprendre mieux les sublimes leçons,
Il trouverait sa douce nourriture
A chaque pas dans ses dorés sillons!

Il aime mieux vivre dans l'esclavage
En s'attelant à des chars radieux;
La liberté donne son ombre au sage,
Ses rayons seuls se trouvent sous les cieux!

Seaton, 19 décembre 1871.

36*

POÉSIE

Il est, il est dans tous les cœurs
Une muette poésie,
Amour, soupirs, espoir, douleurs,
Regrets amers, douce ambroisie :

Elle nous parle à tout moment,
Et nous anime de sa flamme;
Elle charme le sentiment,
Ou dans le deuil plonge notre âme.

Elle est dans nos regards aux cieux,
Dans la tendre larme qui tombe,
Et qui revient sans cesse aux yeux,
Quand nous prions sur une tombe!

Elle est dans chaque souvenir
Et de bonheur et de tristesse ;
Dans ce qui ne peut revenir
Et que nous regrettons sans cesse !

Seaton, 22 décembre 1871,

LE SENTIMENT

Le tendre sentiment qui vit au fond de l'âme
        A ses regrets et ses douleurs;
        Il brûle ardent comme une flamme
        Et sait aussi verser des pleurs !

Il a son horizon et ses douces étoiles,
        Et ses oasis parfumés;
        Il marche caché sous ses voiles
        Près des feux qu'il a consumés !

Il a ses souvenirs, se nourrit d'espérance,
        Soupire la nuit et le jour;
        Il se complaît dans la souffrance
        Et se console dans l'amour !

Lorsque le temps l'entraîne auprès de froides pierres,

    Il s'arrête aussitôt surpris,

    Et laisse tomber ses prières

    Sur tous ceux qu'il avait chéris!

Seaton, 23 décembre 1871.

FRANCE

Tu ne périras pas, noble France chérie,
Tu porteras toujours ton glorieux drapeau,
Quand les noms immortels d'honneur et de patrie
        Sont gravés sur chaque tombeau !

Tu sauras ressaisir l'Alsace et la Lorraine
Et chasser le Germain de ton sol indompté,
Ou bien l'anéantir sous le poids de ta haine
        Au premier cri de liberté !

Senton, 23 décembre 1871.

POÉSIE

Divine poésie,
Viens enflammer mon cœur;
Que ta douce ambroisie,
Exalte son ardeur !

Comme une tendre larme
Qui s'échappe des yeux,
Dont la goutte désarme
L'amant insoucieux,

Fais tomber de ma lyre
Les plus tendres accords,
De l'amant qui soupire
Anime les transports.

Va porter tes hommages
Aux pieds de la beauté,
Dans tes douces images
Chante sa pureté !

Dans le feu qui l'embrase,
Reporte au Créateur
La poétique extase
Des élans de mon cœur.

Sur toute la nature
Laisse-moi m'égarer !
Près d'une source pure
Laisse mes pas errer !

J'aperçois de la vie
Le cours tranquille et doux
D'une mer en furie
J'entends aussi les coups,

Telle est la destinée
Des choses d'ici-bas,
Calme la matinée
Et le soir branle-bas.

De ce monde qui passe
Pour ne plus revenir,
Chaque moment efface
L'ombre et le souvenir.

Oh ! laissons nos épaves
Se perdre sous les cieux,
Dans les échos suaves
D'accords harmonieux !

Seaton, 23 décembre 1871.

L'ESPÉRANCE

Sur l'Océan de l'espérance
Où nous cherchons tous le bonheur,
Quel cœur
Fut affranchi de la souffrance !

Partout des regrets douloureux,
De longs soupirs dans les alarmes,
Des larmes,
Partout les cris du malheureux !

Telle est, hélas! la destinée
De tous les êtres ici-bas
Qui n'ont pas
Le bonheur une matinée!

Seaton, 28 décembre 1871

PETIT RUISSEAU

Je suis un tout petit ruisseau;
Ami des bois et des montagnes,
Et sans chaînes, comme l'oiseau,
Je parcours toutes les campagnes.

e ranime en passant les fleurs
Qui croissent dans le cimetière,
Et le soir je verse des pleurs
Tout seul sur une froide pierre !

Lorsque le vent passe sur moi
Et qu'il me ride le visage,
Tranquille, j'accepte sa loi,
J'apprends qu'il faut vieillir en sage !

Je soupire avec les oiseaux,
Je gémis avec la colombe ;
Je m'égare dans les roseaux,
Comme le lierre sur la tombe!

Lorsque la nuit succède au jour
Souvent je visite ma rive,
Je crois reconnaître l'Amour
Caressant une main captive.

Mon onde entraîne des regrets
Cachés sous des feuilles de roses,
Et sur mes gazons toujours frais,
Ah ! que j'entends de douces choses!

Eaux fugitives de mon cours,
Animez-vous comme une flamme,
Et rendez encore à mes jours
Le feu qui brûle dans mon âme!

Seaton, 29 décembre 1871.

PAIX ET BONHEUR

O ma muse fidèle et tendre,
Inspire-moi devant les cieux ;
Seuls, à ton luth ils feront rendre
Quelques accords mélodieux.

Inspire-toi de la nature,
Elle fera parler ton cœur,
Chante d'une voix calme et pure,
Chante la paix et le bonheur !

O jette, ô jette un voile sombre
Sur les maux de l'humanité ;
Sous les parfums d'une douce ombre
Appelle la fraternité!

37*

Comme une étoile dans l'espace
Apparaissant avec splendeur,
Qu'elle y vienne prendre sa place,
Chante la paix et le bonheur !

Chante encore à ma dernière heure
Le Créateur de l'Univers ;
Fais monter jusqu'à sa demeure
Les échos de mes humbles vers !

Célèbre la belle nature,
Inspire-moi de sa grandeur,
Et d'une voix puissante et pure
Chante la paix et le bonheur !

Seaton, 30 décembre 1871.

SI JE NE VOUS VOIS PLUS

Si je ne vous vois plus, je verrai votre image
Dans le parfum des fleurs qui se perd dans les cieux,
Dans le chant des oiseaux, dans le plaintif langage
    Du ruisseau fuyant sous mes yeux !

Je la retrouverai dans la larme qui tombe
Comme sur un cyprès dans le fond de mon cœur,
Funèbre mausolée, impérissable tombe
    De mon éternelle douleur !

Je la retrouverai souriante à mon âme,
Comme l'étoile au ciel sourit au condamné,
Sur les mobiles feux de l'incessante flamme
    Brûlant mon cœur abandonné !

Seaton, 3 janvier 1872.

FÊTE

Pan, tu m'appelles, tu m'attires,
J'entends les sons de ton haut-bois ;
Accourez tous, jeunes satyres,
Quittez vos grottes et vos bois !

Accompagnez les Oréades,
Toutes les nymphes de leur cour ;
Pour les danses des Naïades
Invitez Bacchus et l'Amour.

Tressez des guirlandes de roses
Pour Vénus et son sceptre d'or,
Apparaissez sous mille poses,
Vos chants finis, chantez encor.

Chantez Vénus et son empire,
Elle règne sur l'Univers ;
Apollon pour elle soupire,
Pour elle sont ses plus beaux vers!

Dansez pour le Dieu du Parnasse,
Ce Dieu qui règne sur les cœurs,
Dont le souffle sublime embrasse
Les âges d'or, du temps vainqueurs.

Voici Cérès, elle s'avance
Tenant sa faucille à la main:
Le soleil marche et la devance,
Couvrant de ses feux son chemin.

Des épis dorés, magnifiques,
Unis aux bluets transparents,
Ornent les superbes portiques
De ses temples resplendissants.

C'est elle qui nourrit le monde
Même au milieu de ses fureurs,
Qui le peuple, qui le féconde,
Et qui chaque an sèche nos pleurs !

Voici Flore! quel diadème
De parfums suaves et doux !
Du bouquet qu'elle tient elle-même,
Regards, ne soyez pas jaloux !

C'est à l'amour qu'elle destine
Les doux arômes de ses fleurs ;
Ils descendent sur Proserpine,
Sur Niobé, sur tous les cœurs !

Elle en parfume Terpsichore,
Elle en couvre Minerve et Mars ;
Diane les respire encore
Sous ses carquois et sous ses dards.

Bacchus et les jeunes Silènes,
En vacillant à ses côtés,
Offrent partout leurs coupes pleines
Aux Dieux, à toutes leurs beautés !

Erato fait vibrer sa lyre,
Pan fait soupirer son haut-bois,
L'Aurore vient : chaque satyre
S'enfuit de peur au fond des bois

Seuton, 5 janvier 1872.

L'ESPRIT

Semblable à la flamme mobile
Qui se consume en s'agitant,
Notre esprit, ombre, être subtile,
Ne se montre qu'en s'excitant.

Comme la flamme qui murmure
En jetant ses rayons brûlants,
L'esprit dans sa prison obscure
Dort sur ses feux étincelants.

Mais tel qu'un astre qui s'avance
Souvent triste, souvent voilé,
Il attend qu'un souffle le lance
Sous un horizon étoilé

Alors il se montre, il s'anime,

Fait bouillonner tous ses torrents,

Et mer, du fond de son abîme,

Laisse rouler ses flots errants.

Seaton, 6 janvier 1872.

~~~

GLOIRE ET BONHEUR

Je ne caresse pas la gloire,
Je lui préfère le bonheur ;
C'est à sa source qu'il faut boire,
Et faire palpiter son cœur !

Comme un souffle qui s'évapore
Et va se perdre sans retour,
Ou dans la nuit ou dans l'aurore,
La gloire est un rayon d'un jour !

La gloire n'est qu'une fumée
Qui se dissipe dans les airs ;
Plutôt une ombre parfumée
Et pour mon cœur, et pour mes vers.

Sexton, 6 Janvier 1872.

DU COURAGE

Du courage, il en faut dans ce monde de luttes
Où l'on mange son pain détrempé dans les pleurs ;
Debout, ceinture au corps, tout meurtri de ses chutes,
    Étiolé dans les malheurs !

Voyons passer sans peur les rafales humaines ;
Tous les coups de tocsin se perdent dans les airs ;
Quand notre Créateur vient dissiper les haines,
    Il tient sous son pied l'univers !

C'est lui qui fait sur nous descendre l'harmonie,
Qui punit les méchants, qui les plonge aux enfers,
Qui détruit les poisons de leur mauvais génie,
    Et nous délivre de leurs fers !

Du courage, armons-nous de force et de vaillance,
Marchons tranquillement au milieu du chemin,
Quand nous nous sentirons tomber en défaillance,
　　Dieu viendra nous donner la main.

Sa main nous conduira près d'une eau calme et pure,
Pour y couler en paix le reste de nos jours,
Qui, pareils à cette onde, auront leur doux murmure
　　Et leurs arômes dans leur cours.

Seaton, 7 Janvier 1872.

NE BOUDEZ PAS

Ne boudez pas, parlez! laissez votre sourire
    Rayonner encor sur vos traits;
Ne nous parlez-vous pas par l'éternel empire
    De vos adorables attraits?

Seaton, 8 janvier 1872.

L'ATHÉE

Grand Dieu! ne maudis pas ces natures infirmes
Niant de ton pouvoir l'empire illimité :
Dans ce que tu créas, on te voit: tu t'affirmes
Dans toutes les grandeurs de ta sublimité!

Pardonne aux insensés les erreurs de leur âme,
Terrestre châtiment qui les suit en tous lieux,
Et qui leur cache, hélas! cette divine flamme
Que nous sentons au cœur nous arriver des cieux,

Grand être! l'univers proclame ta puissance,
La nuit l'annonce au jour et le jour à la nuit!
Oh! relève l'esprit qui tombe en défaillance,
Qui ne veut pas te voir ou que l'erreur poursuit.

Seaton, 9 décembre 1871.

NIL DESPERANDUM

Ne désespérons pas d'un avenir meilleur!
Des siècles écoulés nous foulons la poussière,
Sur elle nous voyons les larmes du malheur
    Et les genoux de la prière!

Le soleil de la paix se forme dans les cieux,
Il viendra dissiper les horizons funèbres,
Et plonger pour jamais dans ses flots radieux
    Les temps de mort et de ténèbres!

Les peuples éclairés n'iront plus aux combats
Sous de prétextes vains se creuser une fosse;
Ils pourront se passer d'orgueilleux potentats,
    Comme on se passe d'autre chose.

Ils mangeront en paix le pain de chaque jour,
En cultivant les arts, en labourant la terre;
Ils porteront à Dieu le fruit de leur amour,
    Et partout l'homme sera frère!

Tranquilles, ils boiront le vin pur des coteaux,
Et s'offriront les fleurs, les fruits de leurs collines;
Ils dormiront en paix au fond de leurs tombeaux,
    Sans y gémir sous des ruines!

O Dieu, veille sur nous de ton trône éternel;
Dissipe les erreurs qui gouvernent le monde,
Et jette aussi l'éclat d'un rayon immortel
    Au sein de notre nuit profonde!

                      Seaton, 10 janvier 1872

PRIONS

Prions pour tous les rois, pour les grands de la terre,
Et pour tous les petits qui firent quelque bien ;
Que leurs noms soient bénis et leur mémoire chère,
Qu'ils soient des nobles cœurs le splendide lien !

Prions pour l'indigent qui donnait son obole
Au pauvre qui n'avait ni feu, ni pain, ni bois ;
Pour l'hospitalité qui secourt et console
Et qui jamais n'attend qu'on demande deux fois

Prions pour tous les morts inconnus de ce monde,
Dont la main fut toujours ouverte au malheureux,
Qui, cachés pour jamais dans une nuit profonde,
Comme un souffle du ciel, nous attendent près d'eux.

Oh ! ne conservons pas la funeste mémoire
De cruels ennemis, honte du genre humain ;
Quand tu verras leurs noms sur une pierre noire,
Voyageur indigné, va, passe ton chemin.

Seaton, 11 janvier 1872.

UN JEUNE OISEAU

Je voudrais être un jeune oiseau,
Libre au milieu de la nature !
Sous la feuille au bord d'un ruisseau
Je trouverais ma nourriture.

Je chanterais auprès des fleurs
Dès que se montrerait l'aurore ;
Jamais je ne verrais de pleurs,
La nuit je chanterais encore !

Je passerais ainsi mes jours
Loin du monde et de ses orages ;
Je ne craindrais pas leurs retours
Sous les voûtes d'épais ombrages.

Je porterais souvent aux cieux
Mes regards et mon espérance,
Et dans mes chants harmonieux,
Je ferais mourir la souffrance.

Je supplierais le Créateur
De sécher les larmes du monde,
Et sous son souffle protecteur
Mes jours passeraient comme une onde !

Seaton, 12 janvier 1872.

MA MONTRE

Voici bientôt l'heure suprême
Où tu t'arrêtes dans ton cours ;
Hélas ! c'est encor de moi-même
Un temps retranché pour toujours !

Je vois ton aiguille qui tourne
Sous la main qui t'a fait mouvoir,
Sans que jamais elle retourne
A l'heure où tu partis le soir !

De notre rapide existence
Tu nous présentes le tableau ;
Son balancier sans bruit nous lance
De la vie au fond du tombeau !

Ma main te redonne la vie
Et des heures à parcourir,
Quand la nôtre sonne ravie,
Hélas ! hélas ! il faut mourir !

Seaton, 13 Janvier 1872, 10 h. du soir.

.

MYSTÈRE

Nous ne connaissons pas les lois de la nature !
Nous ne connaissons pas les lois de notre corps,
Et si nous connaissons sa splendide structure,
    Nous en ignorons les ressorts !

Nous ne connaissons pas les trésors innombrables
Cachés comme de l'or dans le fond du cerveau,
Qu'exhument chaque jour des mineurs indomptables
    Comme du fond d'un vieux tombeau !

Nous ne connaissons pas les secrets de notre âme,
Le fluide inconnu qui fait battre le cœur ;
Nous ignorons pourquoi le regard d'une femme
    De nous est si souvent vainqueur !

D'innombrables secrets la nature fourmille,
Nous les foulons aux pieds ; ils roulent dans les cieux :
Chaque soir on les voit quand l'étoile scintille,
    Et quand des pleurs tombent des yeux !

Quand le soleil paraît, quand le soleil se couche,
Quand son char en passant dore au loin l'horizon,
Quand la brise des cieux nous caresse et nous touche
    Comme l'écho d'un plaintif son :

Nous les voyons encor dans l'Océan qui gronde,
Qui roule nuit et jour ses flots obéissants,
Et dans les rayons d'or qui tombent sur son onde,
    Dans les éclairs éblouissants !

Dans le petit ruisseau qui descend des collines,
Dans les champs émaillés de leurs mille couleurs,
Dans les roses que suit leur cortége d'épines,
    Dans le papillon sur les fleurs !

Je les sens, je les vois dans l'oiseau qui s'envole,
Qui plane noblement sur les monts, sur les mers,
Et qui traverse seul, sans guide, sans boussole,
    Et l'Océan, et les déserts!

Soyons fiers, ô mortels, de notre destinée ,
Déposons notre orgueil aux pieds du Créateur ;
L'âme n'est-elle pas par lui prédestinée
    Au port de l'éternel bonheur !

Seaton, 14 janvier 1872.

VIOLETTES

Sur un rocher inconnu, solitaire,
Nous naissons toutes, hélas! pour mourir ;
Pas une main nous enlève à la terre,
De nos débris elle aime à se nourrir.

Mais, non ! le vent enlève nos arômes,
Nos doux parfums, purs, délicieux ;
Ils vont peupler de paisibles royaumes
Comme s'en vont les âmes dans les cieux !

Seaton, 15 janvier 1872.

SI J'ETAIS MATELOT

Si j'étais matelot que j'aimerais la terre
    Et ses jardins délicieux,
Leurs ombrages seraient ma voile tutélaire
    Contre les vents audacieux !

Ma cabine serait un parterre de roses,
Ma boussole, un cadran d'un village voisin ;
Et lorsque mes esprits seraient tristes, moroses,
J'irai cueillir aux champs des fleurs ou du raisin.

Si les flots harcelaient mon navire en détresse,
    Vaillant capitaine au long cours,
J'implorerais pour lui, le cœur plein de tendresse,
    Notre-Dame de Bon-Secours.

               Scaton, 15 Janvier 1872.

LA PLAGE

Je foule avec bonheur les sables de la mer,
Dans chacun de ses flots j'absorbe des flots d'air
Je les vois bouillonner, lancer leur neige immense,
Se briser sur la plage et frémir en cadence !
Mon esprit se ranime au spectacle des cieux
Devant cet Océan qui parle avec les âges,
Je m'inspire aux échos des célestes langages !
Je porte ma pensée aux pieds du Créateur,
Et retrempe ma vie en mon divin auteur !
Oh ! que je suis heureux quand j'ai senti son ombre,
Les jours alors pour moi redescendent sans nombre,
Je brise les liens de ma fragilité
Et je jouis vivant de l'immortalité !

Seaten, 16 janvier 1872

SOMMEIL

Sur ce rosier qui semble mort
L'hiver accumule sa glace,
Et sous la neige qui le glace,
Le vent le balance et l'endort !

Plus de parfums sortant des roses,
Sur elles plus de papillons ;
Eux-mêmes, loin des aquilons,
Dorment dans leurs métamorphoses.

Quand le soleil du haut des cieux
Jette ses rayons sur la terre,
La rose sort de son suaire,
Et vient encor charmer les yeux !

Souvent aussi, couverts de glace,
Nous ne donnons ni fleur, ni fruit,
Dormant dans les bras d'une nuit
Qui nous aveugle et nous enlace!

Tout à coup, le soleil paraît;
Nous renaissons à la lumière,
Et le char de notre carrière
Lance tous ses feux d'un seul trait.

17 janvier 1872.

DÉPART

Puisqu'il faut nous quitter, adieu donc ! au revoir !
Ce mot remplit mon cœur de larmes et d'espoir ;
Je suivrai sur la mer le rapide navire,
Qui va pour si longtemps me séparer de vous !
Le soir, priez pour moi, pour l'amant qui soupire,
Et qui voudrait aussi prier à vos genoux !

DÉPART

Je vais vous perdre, hélas ! les larmes de mon cœur
Baigneront nuit et jour votre charmante image!
Je sens que je n'ai plus ni force ni courage ;
Adieu, regards ! adieu, bonheur !

Seaton, 17 Janvier 1872.

JACTA SUPER DOMINUM CURAM TUAM.
(Ps liv. 23). Biblia Vulgata.

Cast thy burden upon the Lord.

Jetons sur Dieu tous nos fardeaux,
Jetons sur Dieu toutes nos peines,
Dieu nous guérira de nos maux,
Dieu brisera toutes nos chaînes !

Levons nos regards vers les cieux,
Des cieux nous viendra le courage,
Et les pleurs qui baignent nos yeux
Disparaîtront comme un nuage !

En nous redescendra l'espoir
Et ses mille feux qui pétillent ,
Comme les étoiles du soir,
Qui dans l'obscurité scintillent !

10

Sous le souffle du Créateur,

L'homme grandit et se relève ;

Sans lui, l'espoir est une erreur

Et toute la vie un long rêve !

Seaton, 18 janvier 1872.

VITA BREVIS

Oh ! que la vie est courte et qui connaît le nombre
Des amis bien-aimés disparus comme une ombre !
    Prions, prions pour eux.
Quand vous nous conduirez au seuil de la nuit sombre,
Amis, vous serez trois, et vous reviendrez deux !

                Seaton, 18 janvier 1872.

M

Le soleil poursuit sa carrière,
Et voit fuir chacun de nos jours ,
Comme une mobile lumière,
Qui se consume dans son cours !
Jour de bonheur ou de tristesse ,
De doux espoirs dans l'avenir,
Quel que soit le sillon qu'il laisse,
Ce jour n'est plus qu'un souvenir.

Senlon , 19 janvier 1872.

FRANÇAIS

Français ! que Dieu choisit pour civiliser le monde,
Qui partout l'arrosas de ton sang généreux,
Va prier ! sous ton souffle, aucune trace immonde
　　Ne ternit ton sol valeureux !

Le même Dieu, par qui tu gagnas cent batailles,
Relèvera ton bras contre tes ennemis !
Calme, prépare-leur d'immenses funérailles,
　　Qu'ils tombent suppliants, soumis !

Montre à tout l'univers que le vieux nom de France,
N'a pas encor perdu sa gloire et son éclat,
Que pour éterniser ton antique vaillance,
　　Il ne te fallait qu'un combat !

Laisse couler ensuite entre deux peuples frères
Les flots calmes et purs du Rhin majestueux,
Et que sur ces deux bords aujourd'hui solitaires,
Leurs chants se répondent entre eux.

Seaton, 22 janvier 1872.

IMMORTALITÉ

« Qu'ils pleurent, ceux qui n'ont pas
« l'espérance d'une vie nouvelle... Nous
« pour qui la mort n'est pas l'anéantis-
« sement de la nature, mais le terme
« de la vie, nous devons sécher nos
« larmes. »

SAINT AMBROISE.

Tout est grandeur, tout est mystère !
Tout porte le reflet des cieux !
Et dans tous les coins de la terre,
Le grand être parle à nos yeux !

L'immortalité se révèle
Dans les astres et dans leur cours,
Dans l'omnipotence éternelle
Qui fait les nuits, qui fait les jours !

Elle est dans l'Océan qui roule
Ses flots jamais las de rouler ;
Dans le petit ruisseau qui coule,
Dans l'oiseau qui sait roucouler !

Elle est dans les fleurs magnifiques,
Dans leurs parfums délicieux,
Dans leurs couleurs toutes magiques,
Qui sortent du pinceau des cieux !

Elle est dans le petit insecte
Qui renaît malgré les hivers,
Et dans le cœur qui se délecte
Au sein du Dieu de l'Univers !

Elle est aussi sur cette lyre
Des poëtes aux doux accords,
Et dans leur sublime délire,
Et dans l'amour et ses transports !

Seaton, 23 janvier 1872.

POUR VOUS JE PRIE, O JEUNES FILLES

Après avoir prié dans de vieilles églises,
J'aime à me recueillir auprès de vieux tombeaux,
A regarder les croix, les immortelles, mises
    Comme un crêpe sur leurs barreaux.

Je jette avec respect mes yeux sur chaque pierre,
Qui recouvre les morts comme un manteau de deuil,
Et je vois saintement le cyprès et le lierre
    S'entrelacer sur leur cercueil !

Pour vous je prie, ô jeunes filles,
Pour vous je sens tomber mes pleurs ;
Au ciel attendez vos familles,
    Qui font ici croître des fleurs !

               Seaton, 24 janvier 1872.

LE VOILE NOIR

Où portes-tu, sous la douleur,
Tes pas inconnus sur la plage ?
Pourquoi cet œil triste et rêveur,
Ce voile noir sur ton visage ?

Ton cœur doit sans doute souffrir,
Il gémit, comme gémit l'onde;
Quel regard pourra te guérir,
D'une tristesse aussi profonde?

Je sympathise avec ton sort,
Je sympathise avec tes larmes;
Pourquoi pleurer? il n'est pas mort!
Oh ! fais donc trève à tes alarmes !

Il est parti pour te revoir,
Le cœur palpitant d'espérance ;
Il souffre aussi dans son espoir,
L'exil n'est-il pas la souffrance ?

Écoute au loin parler les flots,
C'est sa douce voix qui t'appelle ;
Ses doux soupirs sont les échos
De son amour toujours fidèle !

Seaton, 27 janvier 1872.

OCÉAN

Je te quitte, Océan ! puissé-je te revoir !
Mes soupirs à la terre ! en Dieu seul mon espoir !
Roule, roule, Océan, roule à mes pieds tes ondes,
Sur ma tête j'entends rouler aussi des mondes !
Je tremble sous le poids de ma fragilité ,
Que l'espérance mène à l'immortalité !

Seaton , 29 janvier 1872.

ADIEU.

Adieu, Feuilles des bois ! que le vent vous enlève
    Et vous disperse en l'univers !
Sans reproche et sans peur, tranquillement j'achève
    Cet adieu dans mes vers !

Allez vous égarer dans les vertes campagnes,
    Auprès de paisibles ruisseaux ;
Réjouissez les cœurs au sommet des montagnes,
    Au penchant des coteaux.

Au doux frémissement des brises solitaires
  Unissez vos brûlants soupirs;
Allez avec le vent vous mêler aux mystères
  Des regrets, des désirs !

Au bord de l'Océan, allez vous perdre encore ,
  Consolez les cœurs malheureux ,
Et lorsqu'apparaîtront les rayons de l'aurore,
  Allez frémir près deux .

Dans leurs mille couleurs, dans leurs perles sans nom-
  Saluez le divin Auteur,   [bre,
Et lorsque le soleil sortira de son ombre ,
  Salut au Créateur !

Vivez dans tous les temps pour célébrer sa gloire,
  Et les merveilles de sa main !
Et de qui doit entrer au temple de mémoire
  Parsemez le chemin !

Adieu ! venez souvent voltiger sur ma tombe,

    Au bord de mon coteau chéri;

Et ranimez ensemble, à l'heure où je succombe,

    Les cendres de Fleury.

                                Seaton, 1872.

FIN

TABLE

44

42*

FIN DE LA TABLE.

Imprimé par Charles Noblet, rue Soufflot 18.

ERRATA.

Page 135, *et dans votre œil si doux mille feux brillent toujours.* Lisez : et dans votre œil si doux ses feux brillent toujours.

Page 240, *Les larmes qui les auront séchées.* Lisez : Toutes nos larmes desséchées.

IMPRIMÉ PAR CH. NOBLET, RUE SOUFFLOT, 18